Die schönsten Anekdoten aus der Literatur

Die schönsten Anekdoten aus der Literatur

Herausgegeben von Peter Köhler

Reclam

RECLAMS UNIVERSAL-BIBLIOTHEK Nr. 14587
2024 Philipp Reclam jun. Verlag GmbH,
Siemensstraße 32, 71254 Ditzingen
Umschlaggestaltung: Philipp Reclam jun. Verlag GmbH
Druck und Bindung: Esser printSolutions GmbH,
Untere Sonnenstraße 5, 84030 Ergolding
Printed in Germany 2024

ISBN 978-3-15-014587-6
www.reclam.de

Inhalt

Vorwort

Im Anfang war das Wort – am Ende steht das Geschwätz. Irgendwo dazwischen befindet sich die Anekdote, die kurze und meist komische Erzählung über einen ungewöhnlichen, kuriosen Vorfall aus dem Leben einer mehr oder weniger bekannten Person.

Literaten führen das Bibelzitat gern an, um die Bedeutung ihres Berufs zu unterstreichen und auf das dichterische Ingenium als eine der göttlichen Schöpferkraft verwandte Macht hinzuweisen: Das Wort erschafft die Welt, die reale wie die dichterische. Eine Ansicht, die wohl irgendwo zwischen ›zutreffend‹ und ›anmaßend‹ einzuordnen ist und nebenbei die Frage nach sich zieht, wer denn diese Wortgewaltigen, was denn die Dichter, Tagesschriftsteller und Literaturproduzenten eigentlich für Leute sind. Die vergnüglichste Antwort darauf gibt die Anekdote.

Diese Antwort ist so unterschiedlich wie Zahl und Rang der Literaten selbst, doch die Anekdote zeigt sie alle, die halbvergessenen Nobelpreisträger und die unsterblichen Eintagsfliegen, die verkannten Genies und die überschätzten Publikumslieblinge; sie präsentiert die Außenseiter und die Weltbürger, die zu erwartenden Originale und die überraschenden Durchschnittsmenschen, die eitlen, launischen und weltfremden Publizisten ebenso wie die gewandten, gewitzten und gewieften Poeten.

Ohne Ingenium und Schöpferkraft, ohne Inspiration und Phantasie kommt die Dichteranekdote bei ihren Antworten auf die Frage nach der Person hinter dem Werk natürlich nicht aus. »Die Wahrheit ist unser höchstes Gut, lasst uns sparsam damit umgehen«, schrieb Mark Twain –

von dem es übrigens zahllose Anekdoten gibt. Nicht wenige davon sind Wanderanekdoten, womit bereits bewiesen ist, dass, was historische Treue und Glaubwürdigkeit anbelangt, die Anekdote nur mit einem Augenzwinkern ernst zu nehmen ist. Hauptsache, die Anekdote passt – und überhaupt macht sich jede Zeit das Ihre passend. Vieles zum Beispiel, was man sich von George Bernard Shaw, und manches, das man sich von Goethe erzählt, war ursprünglich auf andere Autoren gemünzt, ehe es auf ihre werte Person bezogen und damit vor der Vergessenheit gerettet wurde.

Die Grenzen zwischen Dichtung und Wahrheit sind fließend. Irgendwo dazwischen findet man die Anekdote. Dazwischen zu sein, das gilt für die Anekdote sowieso in vielerlei Hinsicht: Sie siedelt nicht nur zwischen Fakten und Fiktion, sondern auch zwischen Öffentlichkeit und Privatleben, zwischen wichtig und unwichtig, oben und unten, zwischen Witz und Verwunderung, Lachen und Kopfschütteln. Die Anekdote holt die Autoren vom hohen Dichterross; Groß und Klein, Kunst und Alltag, Schreiber und Leser begegnen sich, und irgendwo zwischen dem hehren Wort und dem banalen Klatsch findet die Anekdote vielleicht sogar den goldenen Mittelweg.

Bumbalo!

Ezra Pound, der nordamerikanische Lyriker, kultivierte ein exzentrisches Äußeres, um Aufmerksamkeit zu erregen. Gewöhnlich trat er in einem wehenden Umhang und mit langer, wirrer Mähne an die Öffentlichkeit. Wenn er besonders aufgelegt war, sah man ihn auch mit groteskem Spitzbart, einer grünen Hose, einem pinkfarbenen Mantel, einem blauen Hemd, einem riesigen gelben Sombrero und blauen Ohrringen umherstolzieren. Auch sonst trieb Pound allerlei Possen. Bei einem Abendessen fand er, dass William Butler Yeats die Unterhaltung monopolisiere, und verspeiste kurzerhand zwei Tulpen vom Tafelaufsatz, damit seine Anwesenheit nicht unbemerkt blieb.

Peter Hille erschien im Café des Westens, dem als ›Café Größenwahn‹ bekannten Treffpunkt der Berliner Boheme, und erzählte, dass an seinem Geburtshaus in Neukölln ein Schild angebracht worden sei. Erstaunt und neidisch fragte Otto Erich Hartleben: »So? Was steht denn darauf?«

»Vorsicht Bauarbeiten!«, sagte Peter Hille schlicht.

Dass Erich Mühsam ein Anarchist war, merkte man auch an seiner stets unaufgeräumten Wohnung. Überall lagen Manuskripte, Bücher und Kleider, auf dem Schreibtisch stapelten sich halb leer gegessene Teller, auf dem Fußboden kullerten schmutzige Gläser herum, und die Tischdecke war ein ehemaliger Fenstervorhang. Als Alfred Polgar den Kollegen besuchte, zündete er sich eine Zigarette an und blickte sich suchend um. »Würde es Sie stören, Mühsam«, fragte er, »wenn ich die Asche in den Aschenbecher gebe?«

Als Ernest Hemingway 1954 den Nobelpreis erhielt, nahm er nicht an der Feier in Stockholm teil. Er entschuldigte sich mit den durch ein Flugzeugunglück erlittenen Verletzungen. Tatsächlich wäre er auch bei bester Gesundheit nicht gekommen, denn Hemingway hatte eine ausgeprägte Scheu, ja geradezu einen untergründig schwelenden Hass gegen den Smoking, vom Frack nicht zu reden. Er sagte: »Hoffentlich werde ich nie etwas Festlicheres anziehen müssen als Unterwäsche.«

E. T. A. Hoffmann, Ludwig Devrient und zwei weitere Schauspieler wollten sich in der Spandauer Vorstadt ein Feuerwerk ansehen. Aber der von den vier angesprochene Kutscher, der einen mit Verdeck versehenen Kremserwagen hatte, wollte nur fahren, wenn zwölf Personen zusammenkommen. Die vier stiegen ein und schienen zu warten, während der Kutscher auf dem Bock döste. Nach einiger Zeit stieg Devrient lautlos aus und fragte den Kutscher: »Ist noch Platz?« – »De schwere Menge! Steigen Se mal in!« Die anderen drei führten dasselbe Manöver aus. Der Kutscher sagte: »Sehn Se, jetzt sind's schon achte; fehlen man bloß lumpige vier Personen.« Die vier wiederholten das Ganze, und zum Schluss kam noch einmal Hoffmann als dreizehnter. »Nee«, rief der Kutscher, »ick darf nich mehr als zwölf Personen uffladen; die Polizei hat mir uff'n Strich.« Die anderen im Wagen riefen: »Nehmen Sie unsern Freund nur mit; er ist ja 'n dünner.«

Der Kutscher war wie vor den Kopf geschlagen, als in Spandau nur vier Personen ausstiegen. Er beruhigte sich erst, als ihm die Taxe für zwölf Personen bezahlt wurde, schüttelte aber noch lange den Kopf über die vier Hexenmeister.

In Buckow vor den Toren Berlins bewohnte Brecht ein Landhaus an einem schönen See inmitten einer idyllischen Landschaft. Ein Besucher schlug einen gemeinsamen Spaziergang vor. Verächtlich lehnte Brecht ab: »Ich bin doch kein Tourist.«

Alfred Polgar kam von Wien nach Berlin und nahm ein Taxi ins Hotel. Er gab dem Fahrer ein Trinkgeld, das der Mann wortlos einsteckte. Mehr neugierig als gekränkt fragte Polgar: »Hören Sie, lieber Freund, war es zu wenig, oder sagt ein Berliner Chauffeur nicht ›Danke‹, wenn man ihm ein Trinkgeld gibt?«

»Manche sagen et – manche ooch wieder nich«, antwortete der Chauffeur.

Der Reisebuchautor Kasimir Edschmid weilte in Paris und las in der Zeitung, dass es in der vergangenen Nacht in der Rue de Clichy eine Schlägerei gegeben habe und dabei ein Perser verhaftet worden sei. Edschmid schien es, als hätte er zwei Tage zuvor eine Gasse passiert, die die Rue de Clichy hätte sein können. Seither pflegte er zum Beweis seiner Lebenserfahrung seine Rede mit den Worten einzuleiten: »Ich, der ich mich in Paris mit Persern stach ...«

Der Komödienschreiber und Schauspieler Curt Goetz kehrte aus London zurück, wo er mit einem Theaterdirektor verhandelt hatte, und erzählte im Romanischen Café von seiner Reise. Ein Freund fragte: »Hattest du keine Schwierigkeiten mit deinem Englisch?«

Noch bevor Goetz antworten konnte, fiel ihm sein Intimfeind Carl Sternheim ins Wort: »Er nicht. Aber die Engländer.«

Gilbert Keith Chesterton gastierte in New York, schlenderte abends über den Broadway und bestaunte die Leuchtreklamen. »Großartig, was?«, fragte sein amerikanischer Begleiter.

»Gewiss!«, sagte Chesterton. »Schade nur, dass ich lesen kann. Sonst wäre der Eindruck noch größer.«

Der Schriftsteller und Lexikograph Samuel Johnson wettete einmal, dass er ein komplettes Kapitel aus Horrebows *Irischer Nationalgeschichte* aufsagen könne. Wie sich herausstellte, handelte es sich um Kapitel LXXII, »Über Schlangen«, das vollständig lautet: »Auf der ganzen irischen Insel gibt es keine Schlangen.«

Der Dadaist Hugo Ball betrat ein Postamt, verlangte ein Telegrammformular und füllte es aus: »BUMBALO – BUMBALO – BUMBALO – BUMBALO – BUMBALO – BUMBALO – BUMBALO – BUMBALO – BUMBALO.«

Der Beamte las es und sagte: »Sie haben das Recht, noch drei Wörter zum gleichen Preis zu schreiben. Soll ich noch dreimal BUMBALO hinzufügen?«

»Unsinn!«, rief Hugo Ball. »Da gibt es nichts hinzuzufügen!«

Der englische Dichter Alfred Tennyson hatte Phasen äußerster Vergesslichkeit. Eines Morgens wollte er jemanden besuchen, doch als ihn der Diener an der Tür fragte, wen er melden dürfe, fiel ihm sein eigener Name nicht ein. Er empfahl sich wortlos und grübelte auf dem Heimweg, wer er wäre, bis ihn ein Bekannter begrüßte: »Guten Tag, Mister Tennyson!«

»Mein Gott, Sie haben recht!«, rief Tennyson.

Ernest Hemingway rühmte sich, mindestens zehn Whiskys am Tag zu trinken. Als ein Arzt Wasser in seinen Beinen feststellte, soll er gesagt haben, das läge an »den verdammten Eisstücken im Whisky«.

Man machte ihn [den Schriftsteller und Journalisten der *Berlinischen Zeitung* Gottlob Wilhelm Burmann] einstens aufmerksam darauf, dass seine Aufwärterin ihm Holz entwende. »Hm!«, entgegnete er gelassen – »wenn sie es nicht hochnötig brauchte, würde sie es nicht nehmen; sie wird ihre Kinder nicht frieren lassen wollen.« Man drang darauf in ihn, sie wenigstens zu entlassen. »Das werde ich bleiben lassen« – sagte er heftig – »wo soll sie Holz hernehmen, wenn ich sie fortjage?«

Denkwürdigkeiten

Kaiser Leopold I. besuchte das Augustinerkloster in Wien und wurde vom Prior durch alle Räume geführt. Man gelangte in die Kirche und betrachtete das Altargemälde mit seinen geflügelten Engeln, die auf einer Jakobsleiter vom Himmel herabsteigen. Der Kaiser stutzte: »Wie kommt es, dass die Engel auf einer Leiter herabklettern, obwohl sie doch Flügel haben?«

Betretenes Schweigen. Selbst der Prior wusste keine Antwort. Da trat der Novize Abraham a Sancta Clara vor: »Halten zu Gnaden, Majestät, die Engel werden just in der Mauser sein!«

Ambrose Bierce warnte vor Leuten, die ihre Frömmigkeit demonstrativ an den Tag legen. Er erzählte von einer Pensionswirtin, die jeden Morgen, wenn sie das Frühstück machte, *Näher, mein Gott, zu dir* anstimmte. Endlich fragte Bierce sie, warum sie immer gerade diesen Choral singe?

»Eigentlich gefällt er mir gar nicht«, sagte die Wirtin. »Es ist nur wegen der Eier. Sollen sie weichgekocht sein, muss ich sie nach der dritten Strophe herausnehmen, will ich sie hart haben, nach der fünften.«

Joachim Ringelnatz betrat ein elegantes Weinlokal. Als er Platz nehmen wollte, bemerkte der Ober herablassend: »Dieser Tisch ist reserviert, mein Herr.« Ringelnatz sah herablassend zurück und sagte: »Gut, stellen Sie ihn weg und bringen Sie einen anderen.«

Gingen Freunde mit Karl Kraus in ein Gasthaus, konnten sie immer wieder dieselbe Beobachtung machen: Jedes Mal studierte Kraus fast eine halbe Stunde lang die Speisekarte, um nie, nie etwas anderes zu bestellen als ein Wiener Schnitzel.

Anton Kuh saß als einziger Gast morgens im Café Herrenhof, als ein bekannter General des österreichischen Heeres hereinkam. Kuh sah kurz auf, erhob sich und …

»Danke, danke«, sagte der an Ehrenbezeugungen Gewöhnte leutselig. »Behalten Sie Platz!«

Erstaunt sah ihn Anton Kuh an: »Bitte, ich werde mir doch die Zeitung holen dürfen?«

Ferenc Molnár konnte sehr scharfzüngig sein. Manche nahmen ihm seine Sottisen übel, so auch ein minderbegabter Maler, der aber beim Kartenspiel viel Glück hatte. Molnár sagte über ihn: »Was er in der Nacht gewinnt, vermalt er am Tage.«

Der weimarische Kanzler von Müller besuchte Goethe und sah bei ihm Schmellers Porträt des Schauspielers Durand auf der Staffelei. »Das soll wohl Durand sein?«, fragte Müller, worauf Goethe versetzte: »Er selber ist es freilich nicht.«

[Samuel] Johnson befand sich in einem Konzerte, in welchem ein Flötenspieler in den schwersten aber nichts weniger als angenehmen Läufen sich umhertrieb.

Johnson schien nicht aufmerksam zu sein.

»Und Sie geben nicht Achtung?«, sagte der neben ihm Sitzende. »Wissen Sie wohl, dass das ganz außergewöhnlich schwer ist?«

»Schwer?«, versetzte Johnson. »Ach ich wollt', es wär unmöglich!«

Anekdotenlexikon

Als Aristophanes einem Sportfest in Athen beiwohnte, streckte ein Faustkämpfer seinen Gegner durch einen wohlgezielten Schlag für längere Zeit zu Boden. Das Volk raste vor Begeisterung. Der Dichter aber staunte: »Eine merkwürdige Sache ist das! Der Geschlagene schweigt und die Unbeteiligten schreien!«

Die Katze brauchte das Schreibzeug

Als Kind wollte Friedrich Schiller Pfarrer werden. Seine Mutter musste ihm eine schwarze Schürze als Kirchenrock umbinden und ein Käppchen aufsetzen. Dann stieg er auf einen Stuhl und fing an zu predigen, indem er die Sprüche, die er in der Schule gelernt hatte, aneinanderreihte. Dabei sah er sehr ernsthaft aus. Wurden seine Zuhörer unaufmerksam, unruhig oder gestatteten sich gar ein Schmunzeln, so ging Schiller zu einer Strafpredigt über.

Erich Mühsam war in der Schule keineswegs fleißig. Eines Tages hatte der Lehrer einen Preis ausgesetzt für den besten Klassenaufsatz über das Thema: »Was ist Faulheit?« Mühsam lieferte stolz den längsten Aufsatz ab: drei Seiten!

Auf der ersten Seite stand »Das«.
Auf der zweiten Seite stand »ist«.
Auf der dritten Seite stand »Faulheit«.

Brecht liebte es, seine Deutschaufsätze mit Goethe-Zitaten zu schmücken, um seinen Ansichten mehr Gewicht zu geben. Die Zitate erfand er selber. Trotzdem fiel er nie auf, weil kein Lehrer zugeben wollte, dass ihm ein Goethe-Wort unbekannt sei.

Als älterer Gymnasiast ging Hermann Löns bereits völlig in seinen Naturstudien auf. Die Flora und Fauna seiner Umgebung war ihm vertraut wie seine Westentasche, und manches Tier wusste er zu foppen, indem er seine Stimme naturgetreu nachahmte.

Infolgedessen vernachlässigte er die ihm langweiligen Fremdsprachen. Bekümmert sagte ihm eines Tages sein alter Griechischlehrer: »Alle solche Allotria, darin bist du groß, mein Lieber. Aber die unregelmäßigen griechischen Verba, damit hapert es bedenklich.«

Wie ein Jugendfreund berichtete, gestand ihm Novalis einmal, im Alter von vier Jahren an Schlaflosigkeit gelitten zu haben; und auf die Frage, wie er sich die Zeit nachts vertrieben habe, habe Novalis geantwortet: »Ich lag wach und sann über die Vergangenheit nach.«

Als junger Bursche wollte Mark Twain als Schiffsjunge anheuern. Der Kapitän musterte ihn kritisch von oben bis unten und meinte: »Na, das kennen wir! Jungens, die zu Hause nichts taugen, schicken die Väter zur christlichen Seefahrt.« »Nein, Herr Kapitän«, erwiderte Twain, »das war nur in Ihrer Jugend so.«

Als Gottfried Keller Stadtschreiber in Zürich war, besuchte ihn in seiner Amtsstube gelegentlich eine Katze. Wählte sie sich einen Aktenstoß zum Lager, erlaubte Keller nicht, dass sie gestört wurde, und ließ Parteien und Vorgesetzte warten. Wenn er jedoch nachts bei offenem Fenster noch arbeitete und die Katze draußen mit anderen Katzen musizierte, entschloss er sich, sie zu verjagen: Er warf das Lineal in den Garten, aber so, dass es die Katze nicht traf; half das nichts, so folgten andere Gegenstände hinterher: das Tintenfass, Bücher, manchmal der Stuhl. Kam am anderen Morgen der Bürodiener, um die Aufträge des Stadtschreibers entgegenzunehmen, hörte er als Erstes dies: »Gehen Sie in den Garten und holen Sie das Handwerkszeug herauf, die Katze hat es letzte Nacht gebraucht!«

Roda Roda, mit bürgerlichem Namen Sándor Friedrich Rosenfeld, diente bis 1902 als österreichischer Offizier. Bei einem Manöver ärgerte ihn ein junger Leutnant, Adjutant seines hochgeborenen Vaters, der alle Befehle im hochmütig näselnden Familienstil überbrachte: »Ich bitt' Sie, Hauptmann Rosenfeld, der Papa sagt, Sie soll'n auf die Kote 741 vorrücken!«

»So, sagt das der Papa?«, platzte Roda Roda endlich der Kragen. »Und was sagt die Frau Mama?«

Joachim Ringelnatz alias Hans Bötticher arbeitete einmal als Buchhalter. Eines Tages kam der Chef ins Kontor und sah, wie Ringelnatz' Kollege sanft und fest schlief. »Ich werde den Mann wohl entlassen müssen«, sagte der Prinzipal: »Herr Bötticher, glauben Sie, dass Sie seine Tätigkeit mitübernehmen können?« »Aber sicher, Herr Direktor«, erwiderte Ringelnatz trocken. »Im Notfall könnte ich Schlaftabletten nehmen.«

In der Münchner Schellingstraße betrieb Ringelnatz im Jahr 1909 sein ›Tabakhaus zum Hausdichter‹. Einmal betraten zwei Studenten den Laden, die von dem verrückten Besitzer gehört hatten und sich einen Spaß mit ihm machen wollten. Sie verlangten eine Zigarettenmarke, die es nicht gibt. »Ich möchte zwanzig Wapitas«, sagte einer der beiden.

Nun holte Ringelnatz, der die Sache durchschaute, eine billige Blankozigarette hervor, die keinen Markennamen trug, und packte davon zwanzig Stück ein.

»Was kostet das?«, fragte der Student.

Ringelnatz – kurz, streng, vornehm: »Nun, das wissen Sie doch als Kenner der Wapita: zwanzig Mark!«

Und gebannt von Ringelnatz' Selbstsicherheit zahlte der Herr Student den wahnsinnigen Preis.

Franz Werfel sollte eigentlich Kaufmann werden und musste einige Zeit in Hamburg in einem Handelshaus lernen. »Jetzt schreibe ich«, berichtete er in einem Brief an einen Freund, »unter dem Schreibpult Verse, wie ich in der Schule unter dem Lateinheft Gedichte gemacht habe. Die Tochter meines Prinzipals, die vielleicht etwas für mich übrighatte, bemerkte einmal die Ergebnisse meiner Geschäftsuntüchtigkeit. Sie nahm mich ordentlich ins Gebet. ›Nee, Herr Werfel, dat versteh' ich nich, wie Sie sich mit so wat befassen können. Aber ich hab' einen Vetter‹, fügte sie, sich besinnend, hinzu, ›der schwärmt auch für Bilder und Märchen und Reisen und lauter so legere Sachen.‹«

Wenn Gott das Geld gehabt hätte

Der französische Dramatiker Jean de Rotrou, ein Zeitgenosse des großen Corneille, ging sorglos durchs Leben, und das Geld, das er einnahm, verschwand stets in kürzester Zeit. Um sich einen Notgroschen zu sichern, soll er öfters die Goldstücke, die er frisch erworben hatte, in einen Haufen Reisig geworfen haben. Es war ihm zu lästig, sie dort zusammenzusuchen, aber in dem Maß, wie der Holzvorrat sich verringerte, kam er allmählich wieder zu seinem Geld.

Zu Eisik Meir Dick, dem Begründer der jiddischen Literatur im 19. Jahrhundert, kam ein junger Jude mit einem soeben vollendeten Roman und fragte um Rat.

»Wenn du wirklich ein jiddischer Schriftsteller werden willst«, sagte Dick, »musst du dich damit abfinden, die ersten vierzig Jahre Hunger zu leiden und mit deinen Manuskripten hausieren zu gehen.«

»Und dann?«, fragte der Anfänger hoffnungsvoll.

»Dann?«, entgegnete Dick. »Dann weißt du, was es heißt, ein jiddischer Schriftsteller zu sein.«

Im Lektorat. Das Telefon klingelt, der Lektor hebt ab. Alles, was er in den nächsten Minuten sagt, ist: »Nein. Nein. *Nein*. Nein. Nein. Nein. Ja. *Nein*. Nein. Nein.« Mit einem letzten, ärgerlichen »Nein« legt er auf. Ein Kollege hat das mitangehört und fragt: »Was bedeutete eigentlich das Ja?« »Das war auf die Frage, ob ich ihn hören kann.«

Georges Simenon, Erfinder des Kommissars Maigret, schrieb anfangs unter verschiedenen Pseudonymen zahlreiche Kriminalromane, die ihm dürftig bezahlt wurden. Als sein Verleger wieder das Honorar zu drücken versuchte, rief Simenon gereizt: »Sie werden es noch einmal bereuen, mich durch Ihren Geiz als Autor verloren zu haben, Sie alter Gauner!«

Gekränkt sah der Verleger zu Simenon auf: »Müssen Sie mir unbedingt mein Alter vorwerfen?«

Ein Stuttgarter Verleger lud Wilhelm Raabe zur Mitarbeit an seiner Zeitschrift ein. Um die Ansprüche des Dichters gering zu halten, schloss er seinen Brief mit einem Wortspiel: »Zahle Honorar rar.« Raabe antwortete umgehend: »Liefere Beiträge träge!«

Als Wilhelm Hauff seinen Roman *Lichtenstein* vollendet hatte, fand er einen Verleger in dem jungen Stuttgarter Franckh. Der war über das zu erwartende gute Geschäft hocherfreut und sandte dem Dichter gleich einen Brief mit einer Anweisung über 1000 Gulden. Dazu schrieb er, dass Hauff es ihm nicht verübeln möge, wenn sein Schreiben in stilistischer Hinsicht zu wünschen übrig lasse. Hauff antwortete: »Ein Brief, der 1000 Gulden enthält, ist immer in einem schönen Stil geschrieben.«

James Joyce erhielt, während er den *Ulysses* schrieb, von seinem Mäzen John Quinn über Jahre hinweg jede erdenkliche finanzielle, moralische und praktische Unterstützung. Aber die einzige Reaktion, zu der sich Joyce jemals hinreißen ließ, war ein Telegramm von drei Worten, das er Quinn sandte, nachdem er sein Opus magnum vollendet hatte: »*Ulysses* erschienen. Danke.«

Erich Maria Remarque hatte das Manuskript von *Im Westen nichts Neues* zahlreichen Verlagen angeboten, ehe es endlich von Ullstein angenommen und ein sensationeller Bestseller wurde. Auch der alte Samuel Fischer hatte das Manuskript in der Hand gehabt, aber abgelehnt. Nun las er eine Ullstein-Anzeige im *Börsenblatt* und murmelte: »Eine Million achthundertstes Tausend bis eine Million achthundertfünfundzwanzigstes Tausend – Gott sei Dank, es lässt schon nach …!«

Buchmessenabend in Frankfurt. Ein deutscher und ein englischer Verleger kamen im Café Laumer ins Gespräch, und der Engländer fragte seinen Kollegen, ob es in Deutschland noch immer Antisemitismus gibt. »Durchaus nicht«, antwortete der Deutsche, »allein in meinem Verlag erscheinen Bücher von siebzehn jüdischen Autoren! Und wie viele sind es bei Ihnen?« »Das weiß ich nicht«, erwiderte der Engländer, »ich habe sie nicht gezählt.«

Das schwedische Nobelpreiskomitee irrte auf literarischem Gebiet mehr als einmal.

1910 saß August Strindberg in seinem Berliner Lieblingslokal, dem Schwarzen Ferkel, und unterhielt sich mit seinen Freunden darüber, dass Paul Heyse mit dem Literaturnobelpreis ausgezeichnet worden war. Die Freunde bedauerten, dass man nicht Strindberg gewählt habe. Da meinte der Dichter: »Wisst ihr, es ist immer noch besser, wenn die Leute sagen: ›Warum hat er den Nobelpreis nicht erhalten?‹, als wenn sie fragen: ›Warum in aller Welt bekommt er ihn?‹«

Der Dramatiker Günther Weisenborn hatte einen Literaturpreis erhalten. Brecht hörte davon, rief an und sagte: »Ich gratuliere. Wie viel hat der Preis denn gebracht?«

»10 000 Mark«, sagte Weisenborn.

»Dann gratuliere ich aber herzlich!«, rief Brecht.

Man fragte George Bernard Shaw, wie er mit seinem Filmproduzenten Gabriel Pascal auskomme. »Nicht besonders gut«, sagte Shaw. »Er will immer nur von Kunst reden und ich immer nur vom Geld.«

Eine amerikanische Versandbuchhandlung schrieb an einen deutschen Verlag: »Wir haben mit Interesse gesehen, dass Sie das Werk *Unsterblichkeit* von Rudolf Binding verlegen, und fragen an, zu welchen Konditionen Sie uns den Vertrieb dieses Buches in den englischsprachigen Ländern überlassen würden. Wir können dem Buch einen außerordentlichen Erfolg versprechen, da wir gerade mit einem ähnlichen Schlager (*In 6 Wochen 15 Jahre jünger*) höchste Absatzziffern erzielten.«

Thomas Mann legte viel Wert auf gepflegte Kleidung. Das wollte während seines Exils in den USA ein Textilfabrikant ausnutzen. Er sandte Thomas Mann ein Päckchen mit einem halben Dutzend Paar Socken, zusammen mit einem Hinweis auf die zahlreichen zufriedenen Kunden und die hohe Qualität der Ware. Hinzugefügt war die Bitte, den entsprechenden Dollarbetrag umgehend zu überweisen.

Thomas Mann packte ein Buch von sich ein, betonte in einem Begleitbrief die Zufriedenheit zahlreicher Leser mit seinem Werk und bat das Textilunternehmen, ihm die Differenz zwischen dem Preis der Socken und dem Preis seines Buches umgehend zu überweisen.

Frank Wedekind hatte den Job als Werbechef der Firma Maggi entnervt aufgegeben. Kommerzienrat August Tengelmann, Inhaber von Kaffeegeschäften in vielen Großstädten und Besitzer von Plantagen in Übersee, wollte dem notleidenden Dichter helfen und erbat einen Werbevers. Doch er erhielt eine barsche Abfuhr:

»Mein lieber August Tengelmann!
Was geht mich denn Dein Kaffee an?
Leck Du mich doch am Arsche
Mit Deiner Scheiß-Plantage!«

Dostojewski war ein leidenschaftlicher Spieler. Immer wieder versuchten Freunde, ihn abzuhalten, doch er erwiderte: »Es gibt nun einmal zwei große Vergnügen beim Spiel – zu gewinnen und zu verlieren!«

Als George Bernard Shaw das protzige Anwesen des neureichen Zeitungskönigs Randolph Hearst im kalifornischen San Simeon besuchte, wandte er sich an einen Begleiter und sagte: »So hätte es wahrscheinlich Gott gemacht, wenn er das Geld gehabt hätte.«

Der Bankier Rothschild forderte den Wiener Humoristen Moritz Gottlieb Saphir auf, ihm etwas ins Stammbuch zu schreiben.

Saphir schrieb: »Leihen Sie mir hundert Louisdor und vergessen Sie auf ewig Ihren Freund

Saphir.«

Der hilfsbereite Nestroy wurde oft angepumpt. Einmal kam ein Freund und bat: »Lieber Nestroy, bitte leih mir fünf Gulden. Das heißt, eigentlich brauch' ich zehn ...«

Nestroy: »Hier hast du fünf Gulden. Das heißt, eigentlich brauch' ich sie selbst ...«

Der junge Mark Twain schrieb an den Großindustriellen und Mäzen Andrew Carnegie: »Sie sollen sehr reich sein, wie ich höre, und auch die Frömmigkeit fördern. Da ich mir nun schon seit Langem ein Gesangbuch wünsche, das Buch aber unerschwingliche anderthalb Dollar kostet, bitte ich Sie, mir ein Gesangbuch zu stiften, wofür Ihnen die ewige Seligkeit gewiss sein wird. Ihr sehr ergebener Mark Twain.

PS. Schicken Sie mir das Gesangbuch lieber nicht, sondern anderthalb Dollar.«

Ein Freund behauptete gegenüber Ringelnatz, nicht abergläubisch zu sein. Ringelnatz verlangte einen Beweis: »Leih mir dreizehn Mark!«

Ringelnatz saß in einem Berliner Weinlokal und trank eine Flasche Wein nach der anderen. Zufällig kam einer seiner Gläubiger herein, sah den zechenden Ringelnatz, trat an den Tisch und schnauzte: »Was machen Sie denn da?«

Seelenruhig antwortete Ringelnatz: »Das sehen Sie doch! Ich mache etwas Geld flüssig.«

Carl Rößler hatte sich von Roda Roda 500 Mark geborgt und versprochen, sie bis Neujahr zurückzuzahlen. Aber an Neujahr war kein Rößler zu sehen. Der Frühling kam, der Sommer ging, der Herbst zog ins Land – nichts. Endlich, im November, war es so weit: Rößler tauchte bei Roda Roda auf und gab ihm sein Geld zurück. »Ich weiß«, sagte er, »ich hätte zu Neujahr zurückzahlen sollen, ich hatte's dir versprochen; ich hab' auch Geld gehabt. Aber weißt du, ich wollte keinen Präzedenzfall schaffen.«

Ein Gläubiger bedrängte Frank Wedekind: »Sagen Sie mir endlich, wann Sie Ihre Schulden bezahlen!«

Wedekind: »Glauben Sie, mein Herr, Sie schlafen ruhiger, wenn Sie nicht wissen, wann ich meine Schulden bezahlen werde!«

Trotz seiner vielen Schulden speiste Anton Kuh in den teuersten Restaurants. Einmal erwischte ihn ein Gläubiger in einem Lokal Unter den Linden, wo er Kaviar aß.

»Herr Kuh, Sie essen hier Kaviar, aber Ihre Schulden bezahlen Sie nicht!«

»Woher wissen Sie, dass ich den Kaviar bezahle?«, fragte Kuh.

Der Romancier und Essayist Raoul Auernheimer hatte in Wien ein großes Haus mit Küchenpersonal, Zimmermädchen und Diener geführt. In der Emigration in Kalifornien musste er sich erheblich einschränken und lebte bescheiden, aber nicht unzufrieden. Ein Freund erkundigte sich nach seinem Befinden. »Prächtig«, erwiderte Auernheimer, »wenn ich läute, komme ich!«

Am Literatenstammtisch sprach man über Herrenmode. »Ich weiß nicht«, sagte Peter Altenberg, »mein Schneider sagt immer, für mich sei schwer zu arbeiten.« »Schwer? Warum?« »Ich zahl' nicht.«

Der spanische Komödienschreiber Pedro Muñoz Seca ging jeden Morgen ins Café de Levante, kaufte eine Zeitung und bestellte Kaffee mit Brot. Nach dem Frühstück kam tagtäglich eine alte Frau an den Tisch, die die Brotreste und die Zeitung an sich nahm. Eines Tages blieb sie weg. Etwa eine Woche später meldeten sich zwei Frauen bei dem frühstückenden Dichter: »Fehlt Ihnen nicht das alte Weibchen, das Sie jeden Morgen begrüßte? Sie ist gestorben. Und hat ein Testament hinterlassen ...«

»Ja, hatte sie denn Vermögen?«

»Nein, Señor, aber mir hinterlässt sie die Zeitung und der anderen hier das übrig gelassene Brot.«

Um 1900 gab es am Montparnasse ein Café, in dem sich die jungen Literaten und Maler regelmäßig trafen. Vorbeiziehende Touristen staunten immer wieder, dass vor und im Café tagein, tagaus zahllose junge Männer und Frauen in Trauerkleidung saßen. Nur Eingeweihte wussten, dass dies keine trauernden Angehörige vorzeitig dahingeschiedener Künstler waren. Vielmehr befand sich in der Nähe des Cafés ein Friedhof. Kam ein Trauerzug vorbei, mischten sich jedes Mal einige der Schwarzgekleideten unauffällig darunter, um nach der Beerdigung mit dem Trauergeleit zum Haus des Verstorbenen zu gehen, wo stets ein üppiger Imbiss wartete. So konnte man, wenn es einem beliebte, täglich an mehreren Beerdigungen teilnehmen und großartig speisen.

Kennen Sie mir?

Bei einem Besuch der Saline Sulza, die Goethe als Leiter der Bergwerkskommission unterstand, machte auch der Sohn des Salineninspektors den Rundgang mit. Goethe unterhielt sich mit dem Jungen und fragte ihn schließlich: »Weißt du denn auch, wer ich bin?«

»Jawohl«, erwiderte der Junge, »Sie sind der Herr von Goethe und sind ein Dichter.«

Da wies ihn der Salineninspektor aber streng zurecht: »Du dummer Junge, das wär' was Rechtes! Geheimrat ist der Herr!«

Conrad Ferdinand Meyer, neben Jeremias Gotthelf und Gottfried Keller der dritte bedeutende schweizerische Erzähler im 19. Jahrhundert, bereiste Deutschland und wollte im Gasthof einer Kleinstadt übernachten. Er füllte den Meldezettel aus und trug gerade als Beruf ›Bücherschreiber‹ ein, als der herbeieilende Gastwirt erklärte, dass alle Zimmer belegt seien. Der Dichter war schon im Gehen, als der Wirt Namen und Beruf auf dem Meldezettel las. »Entschuldigen Sie«, rief er, »ich habe doch noch ein Zimmer für Sie!« Er verneigte sich sogar und sagte stolz: »Ich besitze alle Ihre Bücher. Darf ich sie Ihnen zeigen?« Damit führte er den Dichter in die Wohnstube, und da, im gläsernen Bücherschrank, standen sie alle – die kompletten Bände von *Meyers großem Konversations-Lexikon.*

Um eine seiner Tanten hatte sich Jean-Paul Sartre jahrelang nicht gekümmert. Sie aber hatte ihn offenbar nicht aus den Augen verloren, denn eines Tages erhielt er von ihr einen Brief, in dem sie sich beklagte: »Man erzählt mir, dass du recht gewagte Bücher schreibst und in den letzten Jahren viel mit Künstlern verkehrst. Das macht mich sehr traurig.«

Es läutete an der Tür: »Ist Mister Kipling zu Hause?«, fragte der Besucher das Dienstmädchen. »Ja«, sagte das Mädchen; tatsächlich war die Tür des Arbeitszimmers angelehnt, und man sah den Dichter am Schreibtisch sitzen. »Ich möchte ihn nicht stören, wenn er gerade arbeitet«, wehrte der Besucher ab. »Ach, arbeiten«, sagte das Mädchen, »der sitzt nur so an seinem Tisch und kritzelt.«

An Goethes 150. Geburtstag kam ein altes Mütterchen vom Dorfe Umpferstedt nach Weimar und staunte über das festliche Gepränge. Was denn da los sei, fragte sie. Ein Herr erklärte ihr, es sei der 150. Geburtstag Goethes, worauf die Alte nachdenklich erwiderte: »Na gucke da, er kann es noch besser als ich. Aber is er noch so halbwegs uffm Damme?«

Eine freundliche alte Dame, die bei einem Dinner neben P. G. Wodehouse saß, schwärmte ihm von seinen Werken vor. Ihre Söhne, sagte sie, hätten alle seine Bücher und würden nicht versäumen, jedes neue Buch von ihm zu kaufen. »Und wenn ich denen jetzt erzähle«, fuhr sie fort, »dass ich tatsächlich neben Edgar Wallace gesessen habe, platzen sie vor Neid!«

Peter Handke signierte nach einer Lesung. Ein Besucher legte ihm mehrere Exemplare vor: »Meine Frau ist ein Fan von Ihnen. Deshalb will ich ihr diese Bücher zum Geburtstag schenken.«

»Also eine Überraschung?«, fragte Handke geschmeichelt.

»Das kann man wohl sagen. Sie hat sich nämlich eine Perlenkette gewünscht.«

Bei einem Bankett zu seinen Ehren saß Wilhelm Busch still da. »Verehrter Meister«, wurde er endlich aufgefordert, »dürfen wir nach so vielen Reden auch auf ein paar Worte von Ihnen hoffen?« Busch nickte ergeben. Dann schlug er an sein Glas. Aller Augen hingen gespannt an seinen Lippen. Und mit breitem Schmunzeln rief Busch: »Kellner, bitte noch ein Bier!«

Bei einer Gesellschaft, unter deren Gästen sich auch ein Artillerieoberst befand, wurde Arthur Schnitzler aufgefordert, etwas aus seinen Werken vorzulesen. »Gern«, erwiderte Schnitzler, »doch zuerst soll der Herr Oberst seine Kanone abschießen.«

Sinclair Lewis verbrachte seinen Lebensabend in Florenz, wo er viele, allzu viele gesellschaftliche Verpflichtungen zu erfüllen hatte.

Bei einer seiner Cocktailpartys war ein britischer Diplomat zu Gast. Der Diplomat erklärte den Umstehenden: »Es gibt zwei Dinge, die mich zur Raserei bringen. Erstens, wenn man mich mit Vornamen anredet, und zweitens, wenn die Leute unanständige Wörter gebrauchen.«

Sinclair Lewis hob sein Glas und rief: »Prost George, alter Hurenbock!«

Zwei Freunde gratulierten dem Dramatiker Richard Brinsley Sheridan im Spaß, wobei einer der beiden stichelte: »Weißt du, Sherry, wir haben uns gerade gefragt, ob du ein Schuft oder ein Narr bist!«

Indem er jeden beim Arm nahm, rief Sheridan: »Ich halte die Mitte zwischen beiden!«

Der Lyriker, Romancier und Dramatiker Maxwell Bodenheim und der Kurzgeschichten- und Theaterautor Ben Hecht spielten dem Publikum gern einen Streich. Einmal kündigten sie ein öffentliches Streitgespräch an, Thema: »Endlich bewiesen: Leute, die Literaturdebatten ernst nehmen, sind imbezill.« Hecht stand auf dem Podium, trank einige Gläser Wasser und lieferte dann seinen einzigen Beitrag des Abends ab: »Die Behauptung stimmt.« Die Verwirrung des Publikums steigerte sich zu blanker Wut, als Bodenheim das Podium betrat und seinem Kontrahenten antwortete: »Du hast recht.« Beide entkamen nur mit knapper Not.

Frank Wedekind lungerte mit einigen Freunden in einem gutbürgerlichen Münchner Café herum. Am Tisch nebenan saß ein wackerer Spießer und starrte in die Luft. Ihm zu Füßen lag eine mächtige Dogge. Wedekind hatte sie bereits seit längerer Zeit fasziniert betrachtet. Nun erhob er sich, zupfte seinen Rock zurecht und redete den braven Bürger an: »Mein Herr, gestatten Sie, ist dies Ihr Hund?« Darauf jener: »Jaaaa!« Wedekind: »Würden Sie mir eine große Freundlichkeit erweisen?« »Was? Mei Hund gefällt Sie wohl?«, fragte der sichtlich Geschmeichelte. »Würden Sie mir Ihren Hund für diese Nacht leihen?«, fährt Wedekind, keinen Blick von der Dogge wendend, fort. Der Hundebesitzer greift irritiert, wie zum Schutz, nach seinem Köter. »Was wollen Sie denn von meinem Hunde?« »Ihn lieben!«, spricht Wedekind.

»Sie Schwein!«, schreit der Mann und verlässt mit seiner Dogge fluchtartig das Lokal.

Bei Mark Twain verkehrten oft Gäste, und man lachte viel über seine Witze. Ein Gast sagte zu Twains Tochter: »Ihr Vater ist wirklich sehr amüsant!« »Ja«, erwiderte das Kind, »wenn wir Gäste haben.«

Der Kanonikus Gleim war ein abgesagter Feind aller Reime auf seinen Namen.

In einer Gesellschaft mehrerer schönen Geister zu Halberstadt, in welcher sich auch der Bürgermeister S... aus N... befand, wurden bei Tische aus dem Stegreif Verse gemacht.

Der Bürgermeister S... nahm ein gefülltes Glas und begann:

Hoch lebe Vater Gleim!
er ist der Freundschaft Leim.

Gleim fiel ihm sogleich ins Wort und setzte hinzu:

und der Herr Bürgermeister,
er ist der Freundschaft Kleister.

Anekdotenalmanach 1808

An Christian Friedrich Daniel Schubarts Stammtischgesellschaft im Gasthof zum Adler wurde ein neuer Gast eingeführt, ein Oberst Ramsler. Einer setzte sechs Kronentaler aus für denjenigen, der sofort einen Reim auf den Neuling machen könne. Schubart machte das Rennen:

»Auf Ramsler soll ich reimen was –
sechs Kronentaler gilt der Spaß,
drum kauf' ich mir ein neues Wams,
dann hab' ich schon die Silbe ›Rams‹,
jetzt fehlt mir noch die Silbe ›ler‹ –
gebt Eure Kronentaler her!«

Oscar Wildes Arroganz brachte ihm viele Feinde ein. Ein in diesem Zusammenhang viel zitierter Brief von ihm lautete: »Ich bedaure, Ihnen mitteilen zu müssen, dass ich wegen einer später getroffenen Verabredung nicht an Ihrer Gesellschaft teilnehmen kann.«

George Bernard Shaw erhielt eine Einladung von einer hohen Dame der Gesellschaft: »Lady Blank wird am Dienstag zwischen vier und sechs Uhr nachmittags zu Hause sein.« Shaw sandte die Karte zurück mit der Nachricht: »Mr. Shaw ebenfalls.«

Der französische Literaturpapst des Klassizismus, Nicolas Boileau, empfing häufig die Besuche eines Hofmanns, die er stets unerwidert ließ. Als ihm der Kavalier deshalb Vorwürfe machte, erwiderte Boileau: »Zwischen Ihnen und mir ist ein Unterschied, der mich von Besuchen zurückhält. Sie vertreiben sich die Zeit, wenn Sie einen Besuch machen, ich aber verliere sie dabei.«

Felix Dahn, der Verfasser von *Ein Kampf um Rom*, hatte einen Vortrag in Hamburg gehalten und wurde anschließend zu einem Abendessen eingeladen. Dahn lehnte mit der Begründung ab, dass er schon einmal sechs Wochen in Hamburg gewesen sei und seine kostbare Zeit nur mit Trinken und Schlafen verbracht habe; diesmal wolle er seine Tage planvoll nutzen. Einigermaßen bestürzt fragte man ihn, wann denn das gewesen sei, wo er das erlebt habe. Felix Dahn antwortete: »Das war in den ersten sechs Wochen meines Lebens.«

Ein Besuch der berühmten Frau [Marianne] Dutitre bei Goethe [...] erregte vor einiger Zeit in Berlin große Heiterkeit, besonders wenn sie ihn selbst in ihrer naiven Weise erzählte:

»Ick hatte mir vorgenommen«, sagte sie, »den großen Goethe doch och mal zu besuchen, und wie ick mal durch Weimar fuhr, ging ich nach seinen Garten, und gab dem Gärtner einen harten Taler, dass er mir in eine Laube verstecken und einen Wink geben sollte, wenn Goethe käme. Und wie er nun die Allee runter kam, und der Gärtner mir gewunken hatte, da trat ich raus und sagte: Angebeteter Mann! Da stand er stille, legte die Hände auf den Rücken, sah mir groß an und fragte: Kennen Sie mir? Ich sagte: Großer Mann, wer sollte Ihnen nicht kennen! und fing an zu deklamieren:

›Fest gemauert in der Erden
Steht die Form aus Gips gebrannt.‹

Darauf machte er mir einen Bückling, drehte sich um und ging weiter. So hatte ick denn meinen Willen gehabt und den großen Goethe gesehen.«

Gustav Parthey

Der alte Goethe sprach gern dem Wein zu. Eines Tages, als er des Guten zu viel getan hatte, klopfte es an der Tür. Sein Freund Johann Heinrich Meyer, der Goethe in solchen Situationen treu bewachte, sprang auf. Doch ehe er es verhindern konnte, drang der fremde Besucher in das Zimmer ein und sah die Bescherung. Es half nicht mehr viel, dass Meyer sich mit ausgebreiteten Armen vor Goethe stellte und sagte: »Sie können den Geheimrat nicht sprechen, der Herr Geheimrat macht Verse!«

»Du konntest dem Eindringling ruhig die Wahrheit sagen«, rügte Goethe ihn am nächsten Tag, als er wieder zu sich gekommen war, »dann hätte er sich vermutlich früher zurückgezogen.«

Einige Zeit danach arbeitete Goethe an der Gesamtausgabe seiner Werke letzter Hand und hatte strengen Befehl gegeben, dass niemand vorgelassen werden dürfe. Da klopfte es wieder.

Meyer stürzte an die Tür, riss sie auf und rief: »Sie können Exzellenz heute nicht sprechen! Exzellenz sind seit drei Tagen am Saufen!«

Goethes Schwiegertochter Ottilie liebte die Engländer und wurde deshalb von Goethe gern geneckt. Bei einer Abendgesellschaft im August 1831 berichtete er von einer Begegnung mit einem Vertreter des Inselvolks.

»Nun hören Sie«, erzählte Goethe, »was meine Ottilie für sonderbare Protégés hat; gestern bittet sie mich angelegentlichst, einen jungen Engländer anzunehmen; es sei ein geistreicher, liebenswürdiger, sehr unterhaltender, lebhafter junger Mann. Da musste ich, so ungern ich es tat, mich fügen. So willst du doch, dachte ich, einmal von dieser geistreichen, liebenswürdigen, lebhaften Unterhaltung profitieren und kein Wort sprechen. Der junge Mann wird mir gemeldet; ich trete zu ihm heraus, nötige ihn mit höflicher Pantomime zum Niedersetzen, er setzt sich, ich mich ihm gegenüber, er schweigt; ich schweige, wir schweigen beide; nach einer guten Viertelstunde, vielleicht auch nicht ganz so lange, steh ich auf, er steht auf, ich empfehle mich wiederum pantomimisch, er tut dasselbe, und ich begleite ihn bis an die Tür. Nun schlug mir doch das Gewissen vor meiner guten Ottilie, und ich denke:

ohne irgendein Wort darfst du ihn wohl nicht entlassen. Ich zeigte also auf Byrons Büste und sagte: Dies ist die Büste des Lord Byron. – Ja, sagte er, er ist tot! – So schieden wir, und dies ist alles, was ich von diesem geistreichen, liebenswürdigen, lebhaften, gesprächigen Engländer erfahren habe.«

Kann ich wohl die Ehre haben, den Herrn von Voltaire zu sehen? fragte Lord **** bei seiner Reise durch Ferney.

Voltaires Bediente meldete ihn, und brachte zur Antwort: Ja! –

Der Engländer trat ins Zimmer und redete den Philosophen sehr artig an. Voltaire schien stumm geworden zu sein, er schwieg bei jeder Frage, und sah seinen Gast nur immer steif ins Gesicht.

Mit einem Mal kehrte er sich um, damit der Lord ihn auch von allen Seiten kennen lerne; und endlich sagte er zu ihm: Mylord, Sie zahlen 5 Sous. –

Geschwind griff der Engländer in die Tasche, holte Geld heraus und sagte:

»Hier sind fünfzehn, ich bitt's mir morgen und übermorgen wieder aus!«

Anekdotenlexikon

Einen tödlichen Florettstich verstand niemand meisterlicher zu setzen als Alfred Polgar. Das musste ein Café-Stammgast erfahren, dessen klebrige Anbiederungsversuche schon manchen Literaten zur Verzweiflung getrieben hatten. Als Polgar eines Nachmittags das Kaffeehaus verließ, folgte ihm der Verehrer auf die Straße, gesellte sich devot an seine Seite und stellte die schier ausweglose Frage: »In welche Richtung gehen Sie, Herr Polgar?«

Er erhielt den prompten Bescheid: »In die entgegengesetzte.«

Günter Grass war in Berlin sehr populär und wurde oft von wildfremden Leuten auf der Straße gegrüßt. Warum die Leute das taten, wussten sie selber nicht: Die Romane hatten sie nicht gelesen, die Gedichte ebenso wenig, und mit seinen Grafiken konnten sie auch nichts anfangen. Es kam oft vor, dass man ihn mit einem »Guten Tag, Herr Böll!« begrüßte.

Am 5. Mai 1824 verbreitete sich Goethe in Eckermanns Anwesenheit über die richtige Aussprache im Deutschen, und wie er mit Schwaben, Österreichern und Sachsen, die die harten und weichen Konsonanten nicht richtig unterscheiden, manchmal seine liebe Not gehabt habe. »Als ich vor einigen Jahren mich einige Zeit in Jena aufhielt«, so Goethe, »und im Gasthof ›Zur Tanne‹ logierte, ließ sich eines Morgens ein Studiosus der Theologie bei mir melden. Nachdem er sich eine Weile mit mir ganz hübsch unterhalten, rückte er beim Abschiede gegen mich mit einem Anliegen ganz eigener Art hervor. Er bat mich nämlich, ihm doch am nächsten Sonntag zu erlauben, *statt meiner predigen zu dürfen.* Ich merkte sogleich, woher der Wind wehte und dass der hoffnungsvolle Jüngling einer von denen sei, die das G und K verwechseln. Ich erwiderte ihm also mit aller Freundlichkeit, dass ich ihm in dieser Angelegenheit nicht helfen könne, dass er aber sicher seinen Zweck erreichen würde, wenn er die Güte haben wolle, sich an den Herrn Archidiakonus *Koethe* zu wenden.«

André Gide reiste viel. Um unerkannt zu bleiben, bediente er sich eines unfehlbaren Tricks. Fragte ihn jemand nach seinem Namen, so sagte er: »Gide, wie der Schriftsteller.«

Mark Twain hatte sich oftmals über die Neugier seiner amerikanischen Landsleute geärgert: Niemand, der sich auf der Straße nach dem Weg erkundigte, kam davon, ohne zahlreiche Fragen nach dem Woher und Wohin beantwortet zu haben.

Wenn er also auf Reisen zu einer Erkundigung genötigt war, so brachte er sie in folgende Form:

»Guten Tag. Ich heiße Mark Twain, wurde am 30. November 1835 in der Ortschaft Florida im Bundesstaat Missouri geboren, lebe als Schriftsteller in New York und bin in Geschäften hier. Wir haben heute schönes (oder schlechtes) Wetter. Können Sie mir sagen, wie ich zur x-Straße komme?«

Wenn Turgenjew in Baden-Baden weilte, hing an seiner Tür ein Schild, darauf – fein säuberlich mit eigener Hand geschrieben – zu lesen war:

»Vormittags nicht zu sprechen, nachmittags nicht zu Hause.«

Der französische Dramatiker Jean Anouilh war ein Feind des Telefons. Seine Frau fand die Lösung für dieses Problem: »Wir werden anstelle der Klingel eine Schallplatte montieren lassen, auf der lebhaft applaudiert und der Autor gerufen wird. Dann wirst du rangehen.«

Gustav Freytag gab keine Autogramme. Dennoch wettete in einer Runde von Sammlern einer, es zu schaffen. Siegessicher hielten die anderen dagegen. Doch am Stichtag zog der Sammler einen Brief aus der Tasche, geschrieben von Freytag mit eigener Hand, und las vor: »Sehr geehrter Herr! Ihr Vorschlag, meine Werke ins Spanische zu übersetzen, beschäftigt mich lebhaft. Ich bitte Sie um nähere Mitteilung. Hochachtungsvoll, Gustav Freytag.«

Ein Fan glaubte, ein Mittel gefunden zu haben, um von Arno Schmidt ein Autogramm zu ergattern, und fragte ihn brieflich, welches das bessere Lexikon sei, der *Brockhaus* oder der *Meyer*. Arno Schmidt schnitt das Wort Brockhaus aus dem Brief aus, steckte es in einen Umschlag und sandte es zurück.

Swift war äußerst hochgestimmt, als der *Gulliver* erschien, und schrieb von Dublin aus stolz an Alexander Pope über die ersten Reaktionen auf das Buch. Allerdings hatte er auch weniger günstige Kommentare zu berichten, darunter die Äußerung eines irischen Bischofs, der sagte: »Dieses Buch steckt voller Lügen, und ich für mein Teil glaube kein Wort davon!«

Eine Dame, die für belesen angesehn sein wollte, befand sich in Gesellschaft, als die Rede auf Virgil kam.

»Ist das der Virgil«, fragte sie; »der den Horaz geschrieben hat?«

Anekdotenalmanach 1809

Eines Tages kam ein Bedienter des Geheimen Rats F. zum Hofrat Wieland gelaufen: Kompliment von meinem Herrn und er ließ sich Ihren Oberrock ausbitten. Der Hofrat stutzte, und konnte gar nicht begreifen, was er damit wolle; da indes ein Scherz dabei obwalten konnte, ließ er endlich wirklich das Kleidungsstück verabfolgen. Nach einigen Augenblicken kam aber der Bediente in großer Angst wieder und sagte ganz beschämt: dass nicht der Oberrock des Herrn Hofrats, sondern sein Oberon gemeint sei.

Der Garten des Momus

Über ihren Eindruck von der Lektüre des vierbändigen Romans *Joseph und seine Brüder* von Thomas Mann befragt, erklärte eine Deutschamerikanerin: »Unmittelbar nach Beenden des vierten Bandes las ich die knappen Kapitel der Geschichte im Alten Testament. Und nun bleibt mir nur noch dies zu sagen: Lieber, verehrter Herr Thomas Mann, so genau, wie Sie es beschreiben, wollten wir es gar nicht wissen.«

Vom alten Ibsen heißt es, dass er nach Abschluss der Arbeit an seinem Drama *Baumeister Solness* stolz geäußert habe: »Dieses Werk verstehen nur der liebe Gott und ich.«

Bei der Premiere musste er dann erstaunt feststellen, dass die Regie sich gegenüber dem schwierigen Dichterwerk weitere Freiheiten erlaubt hatte, und er soll kopfschüttelnd gesagt haben: »Jetzt versteht es nur noch der liebe Gott.«

E. T. A. Hoffmann, der Schauspieler Ludwig Devrient und der Bildhauer Christian Friedrich Tieck pichelten in der Weinstube Lutter und Wegener am Berliner Gendarmenmarkt, als ein Mann eintrat, dem man sofort den preußischen Krautjunker ansah. Er setzte sich an einen Nebentisch und sah eine Zeitlang dem ausgelassenen Treiben zu, ehe er den Kellner flüsternd fragte, wer die drei Herren seien. Der gab bereitwillig Auskunft: Der eine sei Hoffmann, der andere Devrient und der dritte Tieck. Beim letzten Namen hellte sich das Gesicht des Junkers auf, und er prostete den drei Künstlern zu: »Es lebe Oranien!«

Folgendes stellte sich heraus: Der Junker hatte den Bildhauer Tieck, dessen Werke er nicht kannte, mit dessen Bruder Ludwig, dessen Werk er ebenfalls nicht kannte, verwechselt, diesen wiederum mit dem Dichter Christoph August Tiedge, der um 1800 mit dem Gedicht *Urania* hervorgetreten war, von dem der Junker nichts kannte als den ungefähren Titel und das er deshalb als einen Lobgesang auf das Haus Oranien ansah.

Ein Kleriker beschwerte sich bei George Eliot (alias Mary Ann Evans), er hätte sich als sehr unerfreuliche Gestalt in ihren *Szenen aus dem Leben der Geistlichkeit* wiedergefunden. »Oh, das tut mir leid«, erwiderte sie. »Ich dachte, Sie wären tot.«

Der jüdische Satiriker Saphir saß im Kaffeehaus. Ein Herr am Nebentisch erkannte ihn, spuckte aus und rief: »Der Auswurf des Auswurfs!«

Saphir spuckte ebenfalls aus und rief: »Dem Auswurf den Auswurf!«

Moritz Gottlieb Saphir wurde auf der Straße angepöbelt. Er redete den Flegel freundlich an: »Entschuldigen Sie, sind Sie nicht der Sohn meines Freundes Rott?«

»Nein.«

»Aber das ist ja erstaunlich! Diese Ähnlichkeit! Ganz Rotts Stirn, ganz Rotts Augen, ganz Rotts Nase!«

Saphir besaß in Wien ein Haus, dessen zweites Stockwerk an einen Offizier vermietet war. Dieser wollte vor der Kündigungsfrist ausziehen. Saphir willigte ein, unter der Bedingung, dass der Offizier seinen Wunsch in einem einzigen Wort mitteile.

Der Offizier schrieb: »Judicium!« (Jud, i zieh um!)

Saphir schrieb zurück: »Officium!« (O Vieh, zieh um!)

Gerhart Hauptmann ging im Tiergarten spazieren und geriet gedankenverloren vom Weg auf den Rasen. Ein Parkwächter rief ihn donnernd zur Ordnung: »He, Sie! Geh'n Se sofort vom Rasen runter!«

Hauptmann: »Deshalb müssen Sie doch nicht so schreien. Wissen Sie denn nicht, wer ich bin?«

Der Parkwächter: »Ick weeß, ick weeß, Sie sind der Goethe, aber runter vom Rasen müssen Se trotzdem!«

Bei einer Wanderung rastete Peter Rosegger auf einer Alm, ließ den Blick über die herrliche Aussicht schweifen und steckte sich behaglich eine Zigarre an. Wutschäumend stürzte ein Bauer auf ihn zu und schrie ihn fürchterlich an. Der Dichter versuchte, freundlich gegenzureden, und bot dem zornroten Bauern eine seiner Zigarren an. Der Bauer unterbrach seine Schimpfkanonade und steckte das teure Stück mit einem halblauten »Vergelt's Gott!« in die Tasche.

Dann schwang er die Fäuste und brüllte: »Aber jetzt nichts wie fort mit Ihnen! Sonst muss ich zuschlagen!!«

Am Stammtisch der Berliner Satirezeitschrift *Kladderadatsch* verkehrte auch der Generalmusikdirektor der Berliner Oper, Trunk. Er hieß mit Recht so und wurde nach einigen Gläsern Wein stets rührselig. In diesem Zustand umarmte er einmal den Redakteur des *Kladderadatsch*, Ernst Dohm. Er dankte ihm für angeblich erwiesene Wohltaten, erbot sich zu Gegendiensten und bat: »Sag mir, was ich für dich tun kann!«

»Nenne mich Sie!«, erwiderte Dohm.

München um 1900. In einer Buchhandlung pirschte sich eine Dame an Hermann Bahr heran und fragte: »Sie sind doch Theodor Däubler?«

Hermann Bahr, halb verärgert, halb belustigt: »Ich trage zwar einen Bart wie Theodor Däubler, aber ich bin nicht Theodor Däubler. Ich bin Johannes Brahms!«

»Natürlich«, rief die Dame erleichtert, »Sie haben doch dieses Buch geschrieben … ich hab's zu Hause …«

»Sie meinen ›Brahms Tierleben‹!« antwortete Bahr höflich, zog den Hut und verließ den Laden.

Jack London arbeitete im Russisch-Japanischen Krieg von 1904/05 als Kriegsberichterstatter. Während eines Besuchs in einem koreanischen Dorf lief vor seiner Unterkunft eine Volksmenge zusammen und wollte ihn sehen. Es schmeichelte ihm, dass sein Ruhm bis hierher gedrungen war, und so zeigte er sich hocherfreut vor der Haustür und wollte ein paar freundliche Worte an die Versammelten richten. Doch der Dorfälteste unterbrach ihn und machte ihm klar, dass die Leute keine Rede hören, sondern sein künstliches Gebiss sehen wollten. Mehrmals musste Jack London nun seine Zahnprothese herausholen und sie wieder einsetzen, belohnt vom starken Beifall der Dorfbevölkerung.

Bei einer Lesetournee kam Hans Wollschläger über Nacht die Stimme abhanden. Für den kommenden Abend war bereits der nächste Auftritt vorgesehen, weshalb der Arzt Kortison verordnete. Zur zweiten Behandlung sollte der Patient gegen Mittag wiederkommen, zur dritten und letzten kurz vor Ende der Sprechstunde. »Aber kommen Sie rechtzeitig«, sagte der Arzt, »meine Frau und ich wollen am Abend zu einer Dichterlesung.«

Hans Wollschläger blickte verzückt auf. Mit gespielter Unwissenheit, aber innerlich bereits triumphierend, fragte er: »Interessant – wer ist denn der Autor?«

»Eckhard Henscheid. Er liest im ›Metropol‹.«

Als Victor Hugo einmal nachts vom Theater nach Hause kam, öffnete der Concierge trotz heftigen Läutens nicht. Schließlich überkam den Dichter ein menschliches Bedürfnis, und er erleichterte sich gegen die Mauer des Hauses.

In diesem Augenblick kam ein alter Arbeiter vorbei, der, die Schaufel über der Schulter, seinem Heim zustrebte. Wie er den Mann sein Geschäft an der Hausmauer verrichten sah, schimpfte er los: »Schämst du dich nicht, du altes Ferkel! Gerade hier, am Haus Victor Hugos!«

In diesem Augenblick, erzählte der Dichter später, wurde ihm klar, dass er berühmt ist.

Bei dem schläft nur das Publikum

Ende des 19. Jahrhunderts gab Professor Hermann Camillo Kellner die Briefe Goethes an Frau von Stein in einer Auswahl heraus.

Der erste Brief beginnt mit den Worten: »Liebe Frau!«

Im zweiten heißt es: »Liebste Frau!«

Fußnote des Herausgebers: »Die Leidenschaft steigt!«

Als Goethe ans Reichskammergericht nach Wetzlar kam, lernte er den hannoverschen Legationssekretär Kestner kennen und verliebte sich stürmisch in dessen Braut Charlotte Buff. Sie gab ihm zu verstehen, dass sie gebunden sei, doch Goethe ließ nicht locker und wurde immer aufdringlicher. So kam es eines Tages zum Eklat, und Goethe musste Wetzlar verlassen.

Kurz vor der Abreise hatte er der Angebeteten noch zu verstehen gegeben, dass er sich ihretwegen eine Kugel in den Kopf schießen werde. Als Lottes Bräutigam davon hörte, brummte er nur: »Sieh an, manchmal hat der Doktor Goethe auch ganz vernünftige Gedanken!«

Einem Goetheforscher war es geglückt, in dem elsässischen Weiler Sesenheim eine alte Frau ausfindig zu machen, die sich noch an Friederike Brion erinnerte.

»Riekchen ... natürlich, Riekchen war die netteste von allen«, sagte sie träumerisch.

»Na, und Goethe?«

»Ja ... den Herrn Goethe, den kannte ich auch. Der hat unser Riekchen ja sooo geliebt. Wir waren sicher, die beiden würden ein Paar. Eines Tages aber war er auf und davon, und kein Mensch hat je wieder etwas von ihm gehört!«

Roda Roda erhielt eines Tages ein Telegramm mit folgendem Wortlaut: »Treffe heute Abend neun Uhr ein. Erwarte mich. Die Dicke.«

Das Telegramm fiel Roda Rodas Frau in die Hände. Heimlich folgte sie ihrem Mann auf den Bahnhof, um ihn bei seinem Seitensprung zu überraschen. Sie sieht ihn am Bahnsteig warten, nach Ankunft des Zuges durch das Gedränge eilen und mit einem Herrn plaudernd wiederkehren.

Erstaunt entdeckt Roda Roda sie und stellt vor: »Geheimrat Diedicke aus Dessau – meine Frau.«

Curt Goetz kam ungewöhnlich spät nach Hause und schlich auf Zehenspitzen ins eheliche Schlafzimmer, als seine bessere Hälfte (die Schauspielerin Valérie von Martens) erwachte. »Bist du's, Curt?«, fragte sie schlaftrunken.

»Das möchte ich dir geraten haben«, antwortete er.

Man sprach von einer sehr galanten Schauspielerin, die erklärt hatte, mit weniger als 100 000 Francs im Jahr könne sie nicht auskommen. Da meinte der französische Lustspielautor Alfred Capus: »Das macht zwei Liebhaber zu je

50 000 Francs.« Nach kurzer Pause setzte er hinzu: »Oder tausend zu je hundert Francs.«

Francis Scott Fitzgerald, Autor des *Großen Gatsby*, war von der – mit ihren in der amerikanischen Oberschicht spielenden Gesellschaftsromanen wohlhabend gewordenen – Schriftstellerin Edith Wharton auf ihr Landhaus nahe Paris eingeladen worden. Entschlossen, die Dame zu schockieren, berichtete Fitzgerald, dass er und seine Frau nach ihrer Ankunft in Paris zunächst vierzehn Tage in einem Bordell hätten wohnen müssen.

Edith Wharton aber ließ sich nicht verblüffen.

»Interessant«, sagte sie höflich, »was tut man eigentlich so den ganzen Tag in einem Bordell?«

Der Kritiker Ramalho Ortigão verbrachte, wie zu seiner Zeit jeder gebildete Portugiese, der etwas auf sich hielt, alljährlich mehrere Wochen in Paris. Bei der Rückkehr von einer dieser Reisen begrüßte ihn seine Frau mit der üblichen Frage: »Na, wie war's? Was hast du alles erlebt?«

Er, etwas zögernd: »Frag lieber nicht! Denn lügen mag ich nicht, und die Wahrheit kann ich dir auch nicht sagen ...«

[Der Romanschriftsteller Charles Pinot] Duclos sagte einst zur Frau von Rochefort und Frau von Mirepoix, dass die Hofdamen alle unausstehliche Beaten würden, und keine nur etwas muntre Erzählung anhören wollten: Sie wären schüchterner als die ehrbaren Weiber. Und darauf begann er eine sehr muntere Geschichte, der eine andre etwas stärkere folgte, und endlich eine dritte, die noch stärker anfing. Nehmen Sie sich in Acht, Duclos, unterbrach ihn die Frau von Rochefort, Sie halten uns auch für gar zu ehrbare Weiber.

Nicolas Chamfort

Eugène Ionesco erzählte einem Freund einen Traum: »Ich wohne bei einer blonden Frau, die ich aber nicht identifizieren kann. Sie ist eine Dame der Gesellschaft ...«

»Natürlich, du Snob!«

»Unterbrich mich nicht. Sie ist also eine Dame der Gesellschaft, denn sie trägt, obwohl sie nackt ist, weiße Handschuhe. In diesem Aufzug geht sie mit mir aus ...«

»Herrlich ... ein wunderbarer Traum, Eugène!«

»Gar nicht. Ich habe mich in einem fort gefragt: Warum gehe ich Trottel mit diesem Prachtweib aus, warum bleiben wir nicht zu Hause?«

In einem Brief an Gottfried Körner berichtete Schiller am 29. August 1787 aus Weimar:

»Von den hiesigen großen Geistern überhaupt kommen einem immer närrische Dinge in die Ohren. Herder und seine Frau leben in einer egoischen Einsamkeit und bilden zusammen eine Art von heiliger Zwei-Einigkeit, von der sie jeden Erdensohn ausschließen. Aber weil beide stolz beide heftig sind, so stößt diese Gottheit zuweilen unter sich selbst aneinander. Wenn sie also in Unfrieden geraten sind, so wohnen beide abgesondert in ihren Etagen, und Briefe laufen Treppe auf, Treppe nieder, bis sich endlich die

Frau entschließt in eigner Person in ihres Ehgemahls Zimmer zu treten, wo sie eine Stelle aus seinen Schriften rezitiert, mit den Worten: ›Wer das gemacht hat muss ein Gott sein, und auf den kann niemand zürnen‹ – Dann fällt ihr der besiegte Herder um den Hals und die Fehde hat ein Ende.«

Alma Mahler hatte einen legendären Ruf als Haustyrannin. »Wer Alma Mahler zur Frau hat, muss sterben«, schrieb Claire Goll über sie. Nach dem Komponisten Gustav Mahler heiratete sie Franz Werfel. Der lebte noch, als der Journalist Egon Jacobson ihn besuchte und wissen wollte, wie er über die politische Lage dächte.

»Tja, ich weiß nicht«, sagte Werfel, stand auf, ging zu einer Tür, öffnete sie und rief ins Nebenzimmer:

»Alma, Liebling, komm bitte mal, hier will jemand meine Meinung hören.«

Der Kaffeehauskellner kommt an den Literatentisch und sagt: »Herr Werfel, Ihre Frau bittet Sie ans Telefon!«

Werfel erstaunt: »Bittet? Das muss ein anderer Werfel sein.«

Der Lyriker, Journalist und Erzähler Christian Friedrich Daniel Schubart war Autor unterschiedlichster Gattungen und schrieb empfindsame Lyrik, polemische Schriften und leidenschaftliche politische Anklagen. Autorschaft wünschte er sich jedoch auch in ganz anderem Sinn, wie ein Gedicht für seine Frau beweist:

»Hier ist, o liebes Weibchen,
Ein kleiner Wunsch für dich:
Ich wünsche dir, mein Täubchen,
Ein kugelrundes Leibchen,
Und ach! zum Autor – mich!«

Der 1972er Nobelpreisträger Heinrich Böll (*Haus ohne Hüter*) war das achte Kind, das sein Vater Viktor in zwei Ehen gezeugt hatte. Auf diesen reichen Kölner Kindersegen angesprochen, pflegte der Baskenmützenträger in seiner gutmütigen Art zu erklären: »Wir Bölls sind katholisch. Mein Elternhaus war ein Haus ohne Verhüter.«

Thomas Schaefer

In ihrem Roman *Marion* schilderte Vicki Baum das Dilemma einer jungen Frau, die neben dem Gatten einen Liebhaber hat und nicht weiß, von wem ihr Kind ist.

Die amerikanische Presse witterte einen Skandal und sandte einen Reporter, der feststellen sollte, ob der Roman autobiographisch sei. Verblüfft von dieser Unverfrorenheit, dementierte Vicki Baum erregt mit den Worten: »Wie könnte er autobiographisch sein? Ich kenne den Vater meines Jungen!«

Wenige Tage darauf erschien in der *Time* ein Foto der Autorin mit der Unterschrift: »Vicki Baum kennt den Vater ihres Kindes.«

Vicki Baums Gatte, ein international bekannter Dirigent, drahtete daraufhin von seinem Londoner Gastspiel: »Sehr erfreut über Bestätigung der Urheberschaft unseres Kindes.«

Bei einem Parisaufenthalt wurde Oscar Wilde der französischen Schriftstellerin Marianne de Bovet vorgestellt, die nicht gerade schön war und sich selbst darüber keiner Täuschung hingab. Als Wilde sie erblickte, stutzte er, und da sie das bemerkte, rief sie ihm zu: »Nicht wahr, Mr Wilde, bin ich nicht die hässlichste Frau in ganz Frankreich?«

»Aber nein!« Wilde machte eine tiefe Verbeugung und erwiderte höflich lächelnd: »Der ganzen Welt, Madame!«

Simone de Beauvoir wurde zugetragen, dass der Dramatiker Jean Anouilh eine neue Geliebte habe. »Der und eine neue Geliebte?«, wunderte sich die Beauvoir. »Unmöglich – bei dem schläft nur das Publikum!«

Tennessee Williams und die Schauspieler Anthony Quinn und Tony Richardson traten mit Brendan Behan im Fernsehen auf und debattierten über Sex auf der Bühne. Behan schwieg sich aus. Erst gegen Ende der Diskussion tat er den Mund auf und machte einen etwas unpassenden, aber legendären Einwurf: »Im Sex finde ich alles in Ordnung. Hauptsache, es bleibt privat und erschreckt nicht die Pferde.«

Der Skandalautor Maurice Sachs führte ein verrücktes, anstößiges, in jeder Hinsicht provozierend ungewöhnliches Leben und kannte auch sexuell keine Tabus. Als die Literaten im Café Bœuf sur le Toit wieder einmal über die Liebe schwadronierten und einander mit ihren Geschichten von Mädchen, Eroberungen und Liebesnächten übertrumpften, sprang Maurice Sachs, damals noch sehr jung, wütend auf und schrie: »Was ist denn schon dabei, so ein junges Ding ins Bett zu kriegen, das ist doch ein Kinderspiel. Aber versucht mal, einen schnauzbärtigen Gendarmeriewachtmeister zu verführen!«

Ferenc Molnár bemühte sich um die Gunst einer schönen Dame. Nach einer kleinen Unterhaltung sagte sie zu Molnár: »Ich habe kürzlich gelesen, dass Sie Jude sind. Das macht Sie mir eigentlich sehr sympathisch.« Darauf Molnár: »Na ja, ich habe zwar gewusst, dass Sie das erfahren werden – nur die Gelegenheit hatte ich mir etwas anders vorgestellt.«

Mark Twain liebte es, saftig zu fluchen, und seine Frau, ein vornehmes Produkt der feinen amerikanischen Ostküstengesellschaft, wollte ihn davon kurieren. Eines Morgens schnitt Mark Twain sich beim Rasieren und rezitierte sein gesamtes Vokabular rauf und runter. Um ihn zu beschämen, wiederholte seine Frau die Tirade Wort für Wort. Twain hörte höflich zu und sagte sanft: »Du hast die Worte, meine Liebe, doch dir fehlt die Melodie.«

Als Ferdinand Raimund mit Luise Gleich unglücklich verheiratet war, wollte ein Bekannter seinen fachmännischen Rat einholen, wie man mit einer zänkischen Frau auskommen könne. »Das ist einfach«, sagte Raimund, »nehmen Sie sich ein Beispiel an mir. Meine Frau will um halb eins Mittag essen, ich um halb zwei. Also essen wir um eins – und zerspringen beide.«

Dorothy Parkers Ehemann war gestorben und wurde im Sarg aus dem Haus getragen. Unter den Leuten, die bei Dorothy Parker standen, befand sich auch eine Mrs Jones, die es liebte, sich in anderer Leute Angelegenheiten einzumischen. »O Dottie«, rief sie, »sag mir, was ich für dich tun kann!«

»Beschaff mir einen neuen Mann«, sagte Dorothy Parker.

Auf einen Schlag war alles still, und noch bevor jene, die lachen wollten, auch lachen konnten, sagte Mrs Jones: »Ich finde, das ist die unpassendste und empörendste Bemerkung, die ich in meinem ganzen Leben gehört habe.«

Dorothy Parker wandte sich erneut zu ihr um und sagte liebenswürdig: »Oh, das tut mir leid. Dann geh doch bitte die Straße runter zu dem Imbiss und hol mir ein Schinkenkäsebrötchen, aber sag ihnen, die Mayonnaise können sie behalten.«

Ein vollendeter Kavalier war der Dichter Bernard le Bovier de Fontenelle, ein Neffe des Corneille, wenn auch nicht annähernd so poetisch begabt. Einst ließ er sich zu früher Morgenstunde bei einer Schauspielerin melden. Eilig kleidete sie sich an und empfing ihn mit den Worten: »Sie sehen, man steht eigens auf für Sie!« – »Wenn man das Gegenteil täte, Mademoiselle«, erwiderte Fontenelle, galant lächelnd, »wäre das noch schmeichelhafter für mich.«

Fontenelle war achtzig Jahre alt, als er einer jungen, schönen Dame den Fächer aufhob. Sie war so ungezogen, seine Höflichkeit verächtlich aufzunehmen. Fontenelle: »Gnädigste, Sie verschwenden Ihre Kälte!«

Fontenelle, schon siebenundneunzig Jahre alt, war an der jungen, schönen Madame Helvétius vorbeigegangen, ohne sie zu bemerken. »Aber Monsieur«, beschwerte sie sich, »Sie gehen an mir vorbei, ohne mich auch nur anzusehen!« – »Gnädigste«, parierte der Greis, »hätte ich Sie angesehen, ich wäre nicht vorbeigegangen.«

Über ihre Ehe mit dem Archäologen Max Mallowan befragt, sagte Agatha Christie den Reportern: »Ein Archäologe ist der beste Ehemann, den eine Frau haben kann. Je älter sie wird, desto mehr ist er an ihr interessiert.«

François Malherbe in einem Gespräch über das Leben: »Im Leben gibt es zwei schöne Dinge, die Frauen und die Rosen, und zwei gute Dinge, die Frauen und die Melonen.«

Die Namen anderer Leute kann ich mir nicht merken

Egon Erwin Kisch vergötterte Alfred Polgar, der seinerseits kühle Distanz wahrte. Um sich als Polgar-Verehrer zu legitimieren, erwarb Kisch Polgars jüngste Neuerscheinung und legte sie ihm mit der Bitte um eine Widmung vor. Sie lautete: »Egon Erwin Kisch, dem mutigen Stilisten und feinsinnigen Revolutionär.«

Anton Kuh und Egon Erwin Kisch waren gute Feinde. Eines Tages saß Kisch im Vorderraum des Cafés Schwannecke, während Anton Kuh sich weiter hinten vier oder fünf Berliner Literaturkritiker zu erwehren hatte, weil er den Bühnenautor Curt Goetz nicht als das größte Genie seit Kleist gelten lassen wollte. Kuh schien zu unterliegen, seine Stimme drang bereits wie das Röhren eines tödlich getroffenen Hirsches durch das Lokal.

Da stand Kisch auf, mischte sich in die Literaturdebatte und entschied den Disput mit wenigen Worten für Kuh. Dann verabschiedete er sich, alle reichten ihm die Hand, auch Kuh. Kisch ergriff sie mit den Worten: »Na, darum keine Freundschaft nicht!«

Als der Name Curt Goetz nach dem großen Erfolg seiner Komödie *Hokuspokus* jeden Tag in den Zeitungen stand, fragte jemand Sternheim, ob er Goetz kenne. Sternheim schüttelte den Kopf: »Die Namen anderer Leute kann ich mir nicht merken.«

Goetz war sehr sensibel. Als Alfred Kerr sein Stück *Die tote Tante* verrissen hatte, sprach er mit dem Kritiker kein Wort mehr. Wenn er ihn auf der Straße traf, lüftete er wortlos seinen Hut und sagte nicht einmal »Guten Tag«. Kerr begriff, was los war, und reagierte ebenso. Wenn sie im Café am Stammtisch zusammentrafen, begrüßten sie sich nur mit einem stummen Kopfnicken und sprachen kein Wort miteinander.

Es ergab sich einmal, dass von den anderen drei Anwesenden zwei sich plötzlich verabschiedeten und der dritte ans Telefon gerufen wurde. Goetz und Kerr blieben allein am Tisch. Kerr lächelte mokant vor sich hin, Goetz starrte ihn feindselig an, bis er die Stille unterbrach: »Ich benutze die günstige Gelegenheit, Sie zu fragen, ob es Ihnen aufgefallen ist, dass ich seit Wochen keinen einzigen Satz mit Ihnen gesprochen habe.«

»Das ist mir aufgefallen«, bestätigte Kerr, »und ich wollte gerade die günstige Gelegenheit benutzen, Ihnen dafür zu danken.«

Der Spötter Heinrich Heine war bei vielen verhasst. »Dabei habe ich selbst die friedlichste Gesinnung«, schrieb er. »Meine Wünsche sind die allerbescheidensten: eine Hütte, Strohdach, aber gutes Bett, vor dem Fenster Blumen, vor der Tür einige schöne Bäume, und wenn der liebe Gott mich ganz glücklich machen will, lässt er mich die Freude erleben, dass an diesen Bäumen sechs oder sieben meiner Feinde aufgehängt werden.«

Gerhart Hauptmann und Thomas Mann wollten sich in Berlin treffen. Hauptmann begab sich zum Lehrter Bahnhof, um den ihm persönlich noch nicht bekannten Kollegen zu begrüßen. Nach einigem Suchen fand er ihn: »Ich hatte schon zwei Leute gefragt, ob sie Thomas Mann seien. Der eine Herr antwortete emphatisch: ›Na, ich gewiss nicht!‹, der andere sagte: ›Ich wollte, ich wäre es!‹«

»Das beweist, dass wenigstens einer von den beiden meine Bücher gelesen hat«, erwiderte sichtlich geschmeichelt Thomas Mann.

»Das mag wohl sein«, meinte Hauptmann nachdenklich, »aber welcher von beiden?«

Eine englische Zeitschrift forderte George Bernard Shaw auf, die zwölf seiner Meinung nach bedeutendsten lebenden Schriftsteller zu nennen. Shaw antwortete: »1. George Bernard Shaw, 2. George Bernard Shaw, 3. George Bernard Shaw, 4. George Bernard Shaw, 5. George Bernard Shaw, 6. George Bernard Shaw, 7. George Bernard Shaw, 8. George Bernard Shaw, 9. George Bernard Shaw, 10. George Bernard Shaw, 11. George Bernard Shaw, 12. George Bernard Shaw. Über die Reihenfolge möchte ich mir kein Urteil erlauben.«

Heinrich Böll, Günter Grass und Siegfried Lenz saßen zusammen. Schließlich meinte Lenz: »Hier sitzen wir nun, und jeder von uns glaubt, dass er der beste Schriftsteller sei. Nur unser Freund Grass geht einen Schritt weiter: Er glaubt von uns, dass wir es auch von ihm glauben.«

Die Romantiker August Wilhelm und Friedrich Schlegel unterschieden sich dadurch, dass August Wilhelm immer sagte: »Mein Bruder und ich«, Friedrich dagegen: »Ich und mein Bruder«.

Das Ballett *Parade* war ein großer Erfolg, den Jean Cocteau ausschließlich für sich verbuchen wollte. Nach der Uraufführung stichelte André Gide: »Natürlich weiß Jean Cocteau, dass er zwar das Libretto geschrieben hat, dass das Bühnenbild aber von Picasso ist und die Musik von Satie. Ich fürchte nur, dass Cocteau glaubt, Picasso und Satie seien auch von ihm.«

Egon Erwin Kisch wurde zu seinem 50. Geburtstag von vielen Zeitungen groß gewürdigt. Ein Prager Journalist verstieg sich in einem an Superlativen überreichen Huldigungsartikel sogar dazu, Kisch den »Homer unserer Zeit« zu nennen. Als Kisch das las, feuerte er das Blatt an die Wand und rief: »Frechheit! Das sind also meine Freunde! Vergleichen mich mit einem blinden Konterrevolutionär, von dem man nicht einmal weiß, ob er gelebt hat!«

Bescheidener als viele ihrer Berufsgenossen war Vicki Baum, die von sich sagte: »Ich bin eine ausgezeichnete Schriftstellerin zweiten Ranges.«

Bei einem Spaziergang im Park von Weimar begegnete Goethe unverhofft einem jungen Kritiker, der ihn mehrmals heftig angegriffen hatte. Da der Weg sehr schmal war, musste einer von beiden wohl oder übel beiseitetreten und den anderen vorbeilassen. Auf Schrittabstand herangekommen, sagte der Kritiker mit beißendem Hohn von oben herab:

»Ich weiche keinem Narren aus!«

»Aber ich!«, erwiderte Goethe und trat zur Seite.

Goethe hatte sich von Wieland den seltenen Druck eines römischen Klassikers zu kurzer Einsichtnahme ausgeliehen. Es verging Woche um Woche, aber Wieland erhielt den Druck nicht zurück. Daran änderten auch verschiedene Anmahnungen nichts. Schließlich wurde Wieland dringlich und schrieb an den Olympier: »In der Erfassung der alten Klassiker sind Sie unerreicht, aber, mein lieber Goethe, in der Wiedergabe sind Sie nach wie vor unvollkommen.«

Viele Zeitungen schäumten vor Zorn, nachdem Shaw auf seiner Amerikareise in einem Interview fast alles in den USA niedergemacht hatte. Nur eine Zeitung in Miami hielt sich zurück, bis der Autor auch in diese Stadt kam. Nun brachte die Zeitung einen langen Artikel über *Mrs* Shaws Aktivitäten während des Besuchs: Dass sie hier an einem

Lunch teilgenommen, dort bei einem Dinner geweilt, diese Party beehrt, jenen Empfang durch ihre Anwesenheit ausgezeichnet, dieses gesagt, jenes getan habe. Der allerletzte Satz des Artikels aber lautete: »In Begleitung von Mrs Shaw war ihr Ehemann George Bernard, ein Autor.«

»Sie ähneln mir«, sagte Thomas Mann zum Autor der *Powenzbande*, Ernst Penzoldt, »das freut mich für Sie.«

Der junge, unbekannte Frank Wedekind las auf Einladung von Bruno Wille, dem Lyriker und Romancier, in einem Kreis Berliner Schriftsteller Szenen aus einem Drama vor, an dem er gerade schrieb. Ein peinliches Schweigen folgte. Dann erhob sich der damals hochgeschätzte Ludwig Fulda, klopfte ihm gönnerhaft auf die Schulter und sagte: »Sie haben Talent, Herr Wedekind ...«

Da aber unterbrach ihn Bruno Wille: »Talent, Herr Doktor Fulda, Talent haben Sie ...«

Hermann Brochs großer Roman *Der Tod des Vergil*, an dem er viele Jahre gearbeitet hatte, wurde ein bedeutender Erfolg. Verwundert meinte Broch: »Übersetzungen ins Französische, Spanische, Schwedische, Tschechische und Italienische stehen in Aussicht. Ich frage mich, ob das Buch nicht doch von Stefan Zweig geschrieben ist.«

Die Theaterkritiker Julius Bab und Alfred Kerr unterhielten sich über ein Stück von Hermann Sudermann. Hart prallten die Meinungen aufeinander. Schließlich winkte Kerr müde ab und machte einen Vorschlag zur Güte: »Fragen wir Hermann Sudermann selbst um seine Meinung … und teilen wir uns in das Gegenteil!«

Marcel Reich-Ranicki erklärte einmal seinem Kollegen Joachim Kaiser, er habe endlich die Definition für ›Kritiker‹ gefunden.

»Und?«, fragte Kaiser.

»Nun, mein Lieber, ›Kritiker‹ ist gleichbedeutend mit ›anderer Meinung sein‹.«

Kaiser stutzte einen Augenblick, dann erwiderte er: »Da bin ich aber anderer Meinung!«

Günter Grass wurde von einem *Spiegel*-Journalisten um ein Interview gebeten. Als er ablehnend blieb, verlegte sich der Journalist auf ausgiebiges Lobhudeln. Grass hörte sich das eine Weile an und sagte schließlich: »Das genügt, das können Sie drucken.«

Empört rief Robert Schneider bei einem Redakteur an: »Sie haben mich in Ihrem Artikel über die deutsche Gegenwartsliteratur äußerst infam behandelt!« Der Redakteur verwundert: »Aber ich habe Sie doch überhaupt nicht erwähnt.« Robert Schneider wütend: »Eben!«

Witold Gombrowicz saß in einem Warschauer Literatencafé, als ein junger Möchtegernautor eintrat, dem es gerade gelungen war, ein Gedicht im Feuilleton der Zeitung unterzubringen. Er streckte Gombrowicz die Hand hin und sagte laut und herzlich: »Servus, Kollege!«

Gombrowicz drückte die Hand des jungen Mannes und fragte mitfühlend: »Kollege? Haben Sie denn auch den Schnupfen?«

Bruno Frank, der Lyriker und Erzähler, ist in Berlin im Adlon abgestiegen. Die Post bringt ihm einen Brief:

»Sehr geehrter Herr Frank! Im Auftrag des Herrn Kasimir Edschmid soll ich Ihnen mitteilen, dass Ihr Aufsatz den vollen Beifall des Herrn Edschmid gefunden hat und dass Herr Edschmid auch mit Ihrer darin geführten Polemik voll und ganz einverstanden ist. Im Auftrag des Herrn Edschmid hochachtungsvoll

der Sekretär.«

Bruno Frank antwortete:

»Sehr geehrter Herr! Wer ist Kasimir Edschmid? Im Auftrag des Herrn Bruno Frank

der Portier des Hotel Adlon.«

»Wer schreibt schlimmer als Theodore Dreiser?«, fragte Dorothy Parker die berühmte Literatenrunde im Algonquin-Hotel. Niemand wusste es. Dorothy Parker: »Zwei Theodore Dreisers.«

»Ich glaube«, sagte Joseph von Westphalen einmal zu einem Kollegen in der Hoffnung auf ein Dementi, »ich schreibe nicht mehr so gut wie früher.«

»Doch, doch, Sie schreiben wie immer«, beruhigte ihn der Kollege, »nur Ihr Geschmack wird besser.«

Thomas Mann und Bertolt Brecht mochten sich nicht besonders. Brecht hatte soeben die *Mutter Courage* abgeschlossen und gab das Stück der Schauspielerin Therese Giehse zu lesen. Diese reichte es dem berühmten Romancier weiter und erhielt es nach einigen Tagen mit der Bemerkung zurück: »Ich gebe zu, das Scheusal hat Talent.« Die Schauspielerin berichtete das umgehend. Brecht lächelte: »Ich fand seine Kurzgeschichten auch schon immer gut.«

Karl Kraus hatte sich in der *Fackel* mehrfach für Brecht eingesetzt. Ein Freund machte die beiden miteinander bekannt. Brecht war von dem Moralisten beeindruckt. »Ein großer Mensch, der Karl Kraus«, sagte er auf dem Rückweg und fügte mit Bedauern hinzu: »Aber im Ernstfall wird man ihn doch an die Wand stellen müssen.«

Man berichtete Torquato Tasso, dass ein Freund bei allen Leuten schlecht von ihm sprach. »Lasst ihn«, erwiderte Tasso. »Es ist besser, als wenn alle Leute schlecht von mir zu ihm sprächen.«

Johann Wilhelm Ludwig Gleim war sehr empfindsam. Eines Morgens erschien er mit roten Augen und zerwühltem Haar. Nach der Ursache befragt, erwiderte er: »Wenn jemand nur irgendetwas Freundliches zu mir sagt, bin ich jedes Mal tief gerührt; und nun hat Lessing mir etwas geschrieben, das so freundlich und herzensgut ist, dass ich ...«, und wieder flossen Tränen der Rührung. »Aber Liebling«, sagte seine Frau, »wein doch nicht! Er meint es nicht so.«

Robert Musil war vor den Nazis in die Schweiz emigriert. Freunde rieten ihm, nach Amerika weiterzureisen, aber Musil lehnte ab: Nach Amerika könne er nicht, dort sei schon Thomas Mann.

Jemand fragte Martin Walser, der eben den Roman *Tod eines Kritikers* veröffentlicht hatte, ob er Marcel Reich-Ranicki überhaupt kenne. »Ob ich ihn kenne?«, fragte Walser zurück. »Ich kenne ihn so gut, dass ich mit ihm seit dreißig Jahren kein Wort gewechselt habe.«

Ein Kollege fragte T. S. Eliot, ob er der Meinung zustimme, dass die meisten Kritiker gescheiterte Schriftsteller wären. »Ja«, bestätigte T. S. Eliot, »aber mit einer Einschränkung.« »...?« »Dass es auch für die meisten Schriftsteller gilt.«

Man bat Alexandre Dumas den Älteren in einer Gesellschaft, eines seiner Stücke vorzulesen. Er sträubte sich lange, doch schließlich erklärte er sich bereit, etwas zu lesen, aber es müsse das Werk eines anderen Autors sein.

»Warum eines anderen Autors?«

»Damit auch ich auf meine Kosten komme«, erklärte Dumas. »Hat das Stück Erfolg, so freue ich mich als Vorleser; ist es ein Misserfolg, so freue ich mich als Kollege.«

Zwei Autoren treffen sich nach der erfolgreichen Premiere der Komödie eines Kollegen. »Na«, fragt der eine spitz, »wie haben Sie sich unterhalten?« »Sehr gut, aber nicht gern.«

Auf die Frage nach seiner Lektüre bekannte der amerikanische Romancier Erskine Caldwell, nur noch wenig zu lesen. »Schlechte Bücher«, erklärte er, »nehmen mir die Lust zum Schreiben, und gute erst recht!«

Der Verleger Anton Kippenberg wurde gefragt, wie ihm das Schaffen der jüngeren Dichtergeneration gefalle. Er überlegte lange und antwortete dann: »Sagen Sie getrost, dass ich befangen wäre oder gar pro domo rede – aber ich kann mir nicht helfen: Ich finde immer wieder bestätigt, dass von allen Rilke-Gedichten die von ihm selber stammenden weitaus die besten sind!«

Man brachte dem greisen Isaak Bashevis Singer das Buch eines jungen Kollegen. Singer las einige Seiten, legte das Buch weg und sagte: »Warum soll ich das Buch lesen und nicht verstehen? Da lese ich doch lieber den Talmud und verstehe ihn nicht.«

Ein Mann in Schiraz hatte eine sehr schlechte Ode geschrieben. Er zeigte sie dem Dichter Sadi und fügte selbstverliebt hinzu: »Ich möchte die Ode am Stadttor aufhängen, damit alle Leute sie lesen.« Da meinte Sadi: »Wie sollen die Leute wissen, dass die Ode von dir ist, wenn du dich nicht danebenhängst.«

Gertrude Stein wollte als Begründerin der modernen Literatur in die Annalen eingehen. Da diese Ehre jedoch James Joyce zuteilwurde, geriet sie in Wut, sobald sie den Namen Joyce nur hörte. Einmal erzählte ihr jemand bewundernd, Joyce habe an *Finnegans Wake* siebzehn Jahre geschrieben. Giftete Gertrude Stein: »Warum schreibt er denn, wenn's ihm so schwerfällt!«

Marolles tat sich besonders auf die Leichtigkeit viel zu Gute, mit der er versifiziere. »Meine Verse«, sagte er einst zu Linière, »kosten mich gar keine Mühe.« »Das merkt man ihnen an«, antwortete dieser.

Der Garten des Momus

Der Kritiker Hermann Bahr und Ferenc Molnár trafen vor der Premiere eines neuen Molnár-Stücks eine Verabredung: Werde es ein Erfolg, so wolle man sich im Sacher treffen; werde es aber ein Reinfall, so komme man im Café Herrenhof zusammen.

Beide Herren verbrachten den Abend einsam, wütend, wartend, denn der Kritiker war ins Herrenhof gegangen, der Autor ins Sacher …

Friedrich Torberg wurde auf einer Party von einem Kollegen in ein Gespräch verstrickt, das damit endete, dass dieser Torberg fragte, ob er ihm sein neues Buch überreichen dürfe.

»Wenn es nicht durch eine Widmung entwertet ist, gerne«, erwiderte Torberg.

Jemand fragte Arthur Schnitzler, der von einer Schriftstellerversammlung kam, wie er sich unterhalten habe. Schnitzler: »Ohne mich hätte ich mich sehr gelangweilt.«

Schiller hatte mitunter sehr sarkastische Einfälle. So wurde einst anlässlich der von Tieck edierten *Minnelieder aus dem Schwäbischen Zeitalter* ein Verzeichnis über deren gesamtes Mobiliar aufgenommen. Als Resultat ergab sich, dass weder Tisch noch Stuhl noch Bett noch sonst irgendein nützliches Gerät, das man nicht gern im Leben entbehren mag, in ihnen zu finden war. »Welch eine Armut von Ideen, die diesen Minneliedern zugrunde liegt!«, rief Schiller. »Ein Garten, ein Baum, eine Hecke, ein Wald, und ein Liebchen, mehr ist es nicht! Und die Blumen, die duften, und die Früchte, die reifen, und ein Zweig, worauf ein Vogel im Sonnenschein sitzt und singt, und der Frühling, der kommt, und der Winter, der geht, und nichts, was dableibt – als die Langeweile!«

Alfred Kerrs Döblin-Verriss von 1931 endete mit einem furiosen Finale: »An alle: Das Zeitalter des schlechten Zeitstücks wird hiermit geschlossen. Döblin der Letzte. In der dramatischen Lagunenwelt war er der banale Grande.«

Die Kritik war am Morgen erschienen; als Kerr am späten Nachmittag in die Redaktion kam, sagte die Sekretärin: »Herr Doktor, heute war ein aufgeregter Mann da. Er sagte, er habe Döblins Romane gelesen, das sei ein großer Dichter, und darum wolle er dem Kerr die Fresse zerschlagen!«

»Und was haben Sie ihm geantwortet?«

»Ich sagte: Ich bedaure unendlich, aber Herr Doktor Kerr ist außer Haus.«

Der Dichter und Kritiker Lascelles Abercrombie hatte die junge Poetengeneration aufgefordert, ihre avantgardistischen Experimente zu beenden und lieber Wordsworth zu studieren. Ezra Pound fühlte sich getroffen und forderte Abercrombie zum Duell. Der kleine, schwächliche Abercrombie konnte kaum etwas durch seine dicken Brillengläser erkennen und wusste, dass er Pound hoffnungslos unterlegen war. Dennoch akzeptierte Abercrombie die

Herausforderung, bestand aber darauf, dass er die Wahl der Waffen habe, und entschied sich für ein ›literarisches Duell‹, bei dem beide Kontrahenten sich mit unverkauften Exemplaren ihrer eigenen Bücher zu bombardieren hätten.

Als der Dichter Pindar an einem Wettstreit in Theben teilnahm, geriet er an ungebildete Hörer und wurde fünfmal von Korinna besiegt. Aufgebracht warf Pindar ihnen Mangel an Kultur vor und beschimpfte Korinna als Sau.

Damit siegte er im sechsten Durchgang.

Als Shakespeares Vater John 1596 die Erlaubnis erhielt, ein Wappen zu führen, bedeutete dies, dass er und sein Sohn William ab jetzt das Prädikat ›Gentleman‹ tragen durften. Der Dramatiker Ben Jonson nahm das zum Anlass beißenden Spotts. In seinem Stück *Jedermann auf seine Art* tritt ein Bauerntölpel namens Sogliardo auf, der sich mit seinem gerade erworbenen Wappen brüstet. Er habe dreißig Pfund bezahlt und dürfe sich nun ›Gentleman‹ nennen. »Und wie sieht das Wappen aus?«, wollen seine Freunde wissen. »Na ja, bunt ist es«, antwortet Sogliardo stolz, »und der Kopf eines Ebers ziert es.« »Wohl eher ein Schweinskopf«, kommentiert einer der Kumpane, »mit Sülze auf einem Zinnteller.« »Nimm als Motto: ›Nicht ohne Senf‹«, schlägt ein anderer vor.

Paul Wiegler war Redakteur der Prager *Bohemia* und genoss als Polyhistor großes Ansehen. Eines Tages brachte der Lokalreporter Egon Erwin Kisch die Nachricht, dass der neue französische Konsul für Prag ernannt worden sei, er heiße Paul Claudel. »Wollen Sie ein paar Zeilen Biographie?«, fragte Wiegler. »Je mehr, desto besser«, erwiderte der Lokalreporter, der Zeilenhonorar bekam.

Wiegler diktierte etwa 200 Zeilen.

»Unheimlich«, erzählte Egon Erwin Kisch später im Kaffeehaus. »Dieser Wiegler kennt die Lebensgeschichte von allen französischen Beamten.«

Der Feuilletonist Friedrich Eckstein stand im Ruf der Allwissenheit. Als die Wiener *Neue Freie Presse* von einem Werk des Dichters Kun Han Su berichtete, konnte Eckstein sofort über das Schaffen dieses bedeutenden chinesischen Lyrikers Auskunft geben, der als Einziger versuche, eine auf die Frühzeit der Tang-Dynastie zurückgehende und unter den letzten Ming-Kaisern zur Blüte gelangte Gedichtform wiederzubeleben.

Am nächsten Tag stellte sich heraus, dass es sich bei Kun Han Su um einen Übermittlungsfehler von Knut Hamsun handelte.

D'Alembert befand sich bei Voltaire mit einem berühmten Professor der Rechte zu Genève. Dieser bewunderte Voltaires umfassenden Geist; nur im Staatsrechte, sagte er zu d'Alembert, finde ich ihn etwas schwach. Und ich, sagte d'Alembert, finde ihn nur etwas schwach in der Geometrie.

Nicolas Chamfort

Als Goethe in Leipzig studierte, besuchte er auch den berühmten Literaturprofessor Gottsched. »Wir traten hinein«, erinnerte sich Goethe später an die Begegnung, »zu einer sonderbaren Szene: denn in dem Augenblick trat Gottsched, der große, breite, riesenhafte Mann, in einem gründamastnen, mit rotem Taft gefütterten Schlafrock zur entgegengesetzten Tür herein; aber sein ungeheures Haupt war kahl und ohne Bedeckung. Dafür sollte jedoch sogleich gesorgt sein: denn der Bediente sprang mit einer großen Allongeperücke auf der Hand (die Locken fielen bis an den Ellenbogen) zu einer Seitentüre herein und reichte den Hauptschmuck seinem Herrn mit erschrockner Gebärde. Gottsched, ohne den mindesten Verdruss zu äußern, hob mit der linken Hand die Perücke von dem Arme des Dieners, und indem er sie sehr geschickt auf den Kopf schwang, gab er mit seiner rechten Tatze dem armen Menschen eine Ohrfeige, so dass dieser, wie es im Lustspiel zu geschehen pflegt, sich zur Tür hinaus wirbelte, worauf der ansehnliche Altvater uns ganz gravitätisch zu sitzen nötigte und einen ziemlich langen Diskurs mit gutem Anstand durchführte.«

Der Dichter Stefan George liebte es, mit langem Haar und hochgeschlossenem Habit herumzulaufen, so dass er nahezu geschlechtslos wirkte.

Als Lovis Corinth den Auftrag erhalten hatte, den Dichter zu porträtieren, fragte er seinen Kollegen Max Slevogt, wie Stefan George eigentlich aussehe, und Slevogt erwiderte nach einigem Nachdenken: »Stefan George sieht aus wie ein altes Weib, das aussieht wie ein alter Mann, der wie ein altes Weib aussieht.«

Als Scipio Nasica zum Dichter Ennius kam und an der Tür nach ihm fragte, sagte ihm die Magd, er sei nicht zu Hause. Nasica merkte, dass sie dies auf Geheiß ihres Herrn gesagt habe und dass dieser zu Hause sei.

Einige Tage darauf kam Ennius zum Nasica und fragte an der Haustür nach ihm. Da rief Nasica mit lauter Stimme, er sei nicht da. Hierauf Ennius: »Wie? Vernehme ich nicht deine Stimme?« Worauf Nasica entgegnete: »Du bist ein unverschämter Mensch! Als ich nach dir fragte, glaubte ich deiner Magd, dass du nicht zu Hause seiest, und du willst mir selbst nicht glauben?«

Marcus Tullius Cicero

Nach einer gemeinsamen Lesung bat Peter Rühmkorf zu vorgerückter Stunde Robert Gernhardt um ein Autogramm in sein Buch. Der verwechselte die Vornamen und signierte: »Peter Gernhardt«. Als Rühmkorf ihn auf den Irrtum aufmerksam machte, meinte Gernhardt: »Das werden wir gleich haben«, und schrieb dazu: »... seinem Robert Rühmkorf«.

George Bernard Shaw entdeckte in einem Antiquariat eines seiner Bücher. Darin befand sich das Exlibris eines Freundes, neben das Shaw eine Widmung geschrieben hatte: »Mit den besten Empfehlungen von George Bernard Shaw«. Shaw kaufte das Buch und schickte es nochmals seinem Freund. Unter die erste Widmung hatte er eine zweite geschrieben: »Mit erneuten Empfehlungen von George Bernard Shaw«.

Als Madame de Staël Deutschland bereiste, war Goethe auf ihre Bekanntschaft ebenso gespannt wie sie auf die seine.

Nach dem Gespräch der beiden berichtete er seinen Freunden: »Es war eine sehr interessante Stunde. Sie spricht gut, aber viel, sehr viel. Ich bin nicht zu Wort gekommen.«

Madame de Staël, von einigen Damen gefragt, welchen Eindruck der Olympier auf sie gemacht habe, antwortete hingegen: »Wer so gut spricht, dem hört man gerne zu. Ich habe kein Wort sagen können.«

Einstens kam der bekannte Volksdichter, Matthias Claudius, der Wandsbecker Bote genannt, nach Berlin, und eilte, auch den damals noch etwas geltenden Burmann persönlich kennen zu lernen. Er klopft an sein Zimmer. Burmann ruft: »Herein!« Als Claudius eintritt, fragt Burmann: »Wer sind Sie?« – »Ich bin der Wandsbecker Bote«, erwidert Claudius. Burmann gerät so außer sich vor Freude, dass er sich auf die Erde wirft, und sich jauchzend um den Tisch wälzt. Claudius glaubt, diesen solennen Empfang auch nicht frostig erwidern zu dürfen, sondern streckt sich gleichfalls auf den Fußboden, und kollert sich nach. Erst nachdem die Runde um den Tisch ein paarmal vollendet ist, sinken sich die beiden Schöngeister in die Arme.

Denkwürdigkeiten

1925, als die erste Ausgabe des *Zauberberg* schon ein Jahr vorlag, schenkte Thomas Mann seinem Ältesten zu Weihnachten ein Exemplar, in das er eine Widmung geschrieben hatte.

Klaus Mann war damals mit seinen zwanzig Jahren gerade selbst als Schriftsteller hervorgetreten. Die Widmung im *Zauberberg* lautete: »Dem geschätzten Kollegen – sein hoffnungsvoller Vater«.

1967 weilte Witold Gombrowicz in Westberlin und lernte Uwe Johnson kennen. Er war fasziniert von dem »Nordländer«, der »so nordisch« sei, doch wollte sich keine Freundschaft entwickeln. »Wir waren hermetisch, und das Beste, was man tun konnte, war, sich gegenseitig in Ruhe zu lassen«, notierte Gombrowicz in seinem Tagebuch. Einmal begegnete ihm Uwe Johnson zufällig in der Cafeteria gegenüber der Akademie der Künste. Johnson trat auf ihn zu und brummelte verschämt etwas, von dem Gombrowicz annahm, es sei ein Kompliment für seinen gerade auf Deutsch erschienenen Roman *Pornographie*. Gombrowicz stammelte verschämt irgendetwas zurück, und dann, so Gombrowicz, »kam das Gespräch auf unsere üblichen Themen, das heißt Pfeifen, Knöpfe und Jackenaufschläge«.

Wenn Goethe mit seinem Freund, dem Schweizer Maler, Kunsthistoriker und Zeichenlehrer Johann Heinrich Meyer, spazieren fuhr, soll sich ihr Gedankenaustausch folgendermaßen abgespielt haben: Goethe sagte von Zeit zu Zeit: »Hm, hm.« Worauf Meyer erwiderte: »So ischt's!«

Schreiben Sie die Hälfte!

In Mannheim hatte Schiller viel Umgang mit den Schauspielern der dortigen Bühne. Besonders oft besuchte er Müller, den späteren Wiener Hofschauspieler, und brachte dort manchen Abend in der Gesellschaft der Mimen zu; wenn die anderen sich aber entfernt hatten, forderte er Tinte und Papier und schrieb die Nacht hindurch an seiner Tragödie *Kabale und Liebe.* Müller fand ihn gewöhnlich morgens im Lehnsessel, in einer Art Starrkrampf, so dass er ihn einmal sogar für tot hielt. Müllers Gattin fragte Schiller, ob ihm nicht die Gedanken ausgingen, wenn er die ganze Nacht dichte.

»So ist es«, antwortete Schiller, »aber wenn die Gedanken ausgehen, mal' ich Rössel.«

In seinen Manuskripten finden sich in der Tat ganze Seiten, auf denen er nichts als kleine Pferde und Männchen gekritzelt hat. Wenn Frau Müller später in der Folge irgendeine Stelle in Schillers Arbeiten nicht gefiel, so fragte sie ihn scherzend: »Da haben Sie wohl Rössel gemalt?«

Goethe und Schiller waren sehr verschiedene Naturen, nicht nur in geistiger Hinsicht, sondern auch in physischen Dingen.

Goethe besuchte eines Tages Schiller, der jedoch nicht zu Hause war. Seine Frau sagte, dass er bald zurückkomme. Goethe setzte sich an Schillers Arbeitstisch, um sich etwas zu notieren, aber bald begann ihm unwohl zu werden, was sich so steigerte, dass Goethe, der sich diese Übelkeit gar nicht erklären konnte, einer Ohnmacht nahe war. Endlich bemerkte er, dass aus einer Schublade ein fataler Geruch strömte. Goethe öffnete sie und fand sie voller fauler Äpfel. Er trat sogleich ans Fenster und schöpfte frische Luft, worauf er sich augenblicklich wiederhergestellt fühlte. Schillers Frau sagte Goethe dann, dass die Schublade immer mit faulen Äpfeln gefüllt sein müsse, da dieser Geruch Schiller wohltue und er ohne ihn nicht leben und arbeiten könne.

Joachim Ringelnatz hatte ein Gedicht verfasst und gab es vor dem Druck einem Freund zu lesen. Der lobte sehr: »Fabelhaft. Wie lange hast du daran gearbeitet?« Ringelnatz: »Etwa anderthalb Flaschen!«

Auf die Frage, welche drei Bücher er auf eine einsame Insel mitnähme, antwortete Georges Simenon: »Nein, die Frage muss lauten: Welche dreißig Bücher schreibe ich dort?«

Dagegen antwortete der US-amerikanische Schriftsteller William Saroyan auf die Frage, welche Bücher er auf eine einsame Insel mitnähme: »Eines über den Bootsbau, eines über Navigation und eines übers Segeln.«

Balzac wurde gefragt, welche Romane er zuletzt gelesen habe. Er schüttelte den Kopf: »Wenn ich einen Roman lesen will«, erklärte er, »schreibe ich einen.«

»Halten Sie es wirklich für notwendig, dass ein Dichter mindestens ein Gedicht pro Woche schreiben sollte?«, wurde T. S. Eliot gefragt.

»Als ich das sagte, dachte ich an Ezra Pound«, antwortete er. »Für die meisten Dichter gilt das aber nicht.« »Und was raten Sie denen?« »So wenig wie möglich zu schreiben«, erwiderte Eliot.

Friedrich Hebbel arbeitete mit wahrem Feuereifer an seinen Stücken. Bei jeder Szene, die er zu Papier brachte, war er schon auf den Fortgang der nächsten neugierig. Als er an den *Nibelungen* arbeitete, sagte er zu einem Freund: »Seit einer Woche liegen sich Kriemhild und Brunhild in den Haaren. Ich bin gespannt, was die Biester heute sagen werden!«

Als Kleist an der *Penthesilea* saß, besuchte ihn sein Freund Pfuel fast täglich, und der Dichter las ihm das am Tage Geschriebene vor. Leidenschaftlich durchlebte Kleist die Schicksale der Amazonenkönigin.

Eines Abends traf Pfuel Kleist am Tisch sitzend, den Kopf in die Arme gelegt, fassungslos weinend. Auf Pfuels bestürzte Frage stammelte Kleist nur: »Sie ist tot!«

Er meinte Penthesilea.

Stefan Zweig ging immer voll und ganz in seinem Thema auf. Während der Arbeit an *Marie Antoinette* unterhielt er sich in Salzburg mit Carl Zuckmayer, den hinterher seine Frau Alice fragte: »Was hat er denn erzählt?«

»Nichts Besonderes«, erwiderte Zuckmayer, »nur den neuesten Tratsch aus der Französischen Revolution.«

Bei einer Gesellschaft fing ein Kapitän an, vom Walfang zu sprechen. Da griff Alexandre Dumas ein und erzählte von der dreifachen Art des Fangs, von den Seelandsinseln, von den Sitten der Walfänger usw. und teilte eine Menge Einzelheiten darüber mit.

»Ach«, sagte der Kapitän. »Sie haben längere Zeit auf jenen Inseln gelebt?«

Dumas lachte: »Niemals!«

Wenig später kehrte sich das Gespräch der Schlacht von Waterloo zu. Wieder griff Dumas ein und schilderte lebhaft das Getümmel, ging hin und her, zeigte, wie die Truppen standen und zitierte heroische Aussprüche. Endlich gelang es einem General, ihn zu unterbrechen. »Mein lieber Herr«, sagte er, »ich war selbst dabei, und alles, was Sie uns da erzählen, ist mir vollständig neu.«

»Dann haben Sie schlecht zugesehen«, antwortete Dumas, ohne sich aus der Fassung bringen zu lassen.

Die französische Schriftstellerin Françoise Sagan bat einen Kollegen um Rat: »Ich soll ein Theaterstück liefern«, sagte sie, »aber mir fällt nichts ein. Haben Sie nicht eine Idee?«

»Aber sicher«, erwiderte der Kollege. »Schreiben Sie mit: Da ist ein Mann, der liebt eine Frau, aber ...«

»Vielen Dank!« ruft Françoise Sagan. »Das reicht schon! Alles Weitere weiß ich selbst!«

William Faulkner hatte in Hollywood als Drehbuchschreiber bei den Warner Brothers gearbeitet, aber ohne Erfolg. Als man nach seinem Rausschmiss sein Büro aufräumte, fand man in seinem Schreibtisch nur eine leere Flasche und eine Kladde, in die er einige hundert Male nichts anderes geschrieben hatte als: »Boy meets girl.«

Jemand fragte den US-amerikanischen Autor Ring Lardner, wie er seine Kurzgeschichten schreibe, und er antwortete, er verteile zuerst ein paar Wörter oder Sätze über ein Blatt Papier, und dann fülle er nach und nach die Zwischenräume aus.

Raumnot ist das Problem jeder Zeitschrift.

Nach dem Tod Siegfried Jacobsohns übernahm Kurt Tucholsky vorübergehend die Leitung der *Weltbühne*. Willi Fehse, der später einmal mit einer Dichteranekdotensammlung bekannt werden sollte, hatte gerade als Journalist begonnen und entwickelte vor dem Chef die Idee für einen Artikel.

»Gut«, sagte der schließlich, »das werden wir bringen.«

»Und wie viel darf ich schreiben?«

Tucholsky: »Die Hälfte!«

An einem Abend gab es zwei Theaterpremieren. Dennoch wollte Alfred Kerr beide Kritiken schreiben. Er löste das Problem, indem er sich bei dem einen Stück in die Generalprobe schmuggelte, das zweite schaute er sich während der

Premiere an. Das erste besprach er unter einem Pseudonym, das zweite unter seinem Namen.

Aber noch am Premierenabend, als beide Kritiken schon geschrieben, gesetzt und korrigiert waren, erhielt er die Nachricht, dass die Premiere des ersten Stücks wegen einer Gasexplosion im Haus ausgefallen war. Kerr stürzte zum Telefon und rief in der Zeitungsdruckerei an. Er hatte Glück, die Seite mit den Kritiken war noch nicht gedruckt. Kerr beschwor den Metteur, ihm zu helfen – und am nächsten Tag erschien die Kritik in voller Länge, darunter stand kursiv:

»So hätte meine Kritik gelautet, wenn die Premiere nicht ausgefallen wäre.«

Das Zeilenhonorar war nicht nur gerettet, sondern noch um zwei Zeilen erhöht worden.

Dumas der Ältere wurde für seine Fortsetzungsromane von den Zeitungen nach Zeile bezahlt. Um das auszunutzen, hatte er eine besondere Dialogtechnik entwickelt, zum Beispiel:

»Wer ist da?«

»Ich bin es.«

»Du bist es?«

»Ja, ich.«

»Was gibt's?«

»Ich habe es getan.«

»Du hast es getan?«

»Ja.«

»Und hast du Erfolg gehabt?«

»Es ist mir gelungen!«

»Wirklich?«

»Wirklich.«

»Nun also, reden wir!«

»Ja, reden wir!«

Den Redakteuren ging das gegen den Strich, und man einigte sich auf Silbenhonorierung. Weil Dumas aber auch jetzt nicht mit der Bezahlung einverstanden war, ließ er in den nächsten Folgen einen Stotterer auftreten und hatte damit viel Gelegenheit, Silben zu schinden. Als den Redakteuren auch das zu bunt wurde, einigte man sich auf ein Pauschalhonorar, und in der nächsten Folge ließ Dumas den Stotterer sterben.

Als James Thurber für die *Chicago Tribune* arbeitete, hatte er die Aufgabe, kurze Meldungen zu verfassen, um den möglichen Leerraum am Ende einer Spalte zu füllen. Einmal schrieb er: »›Ein Mann, der nicht predigt, ist kein Prediger‹, sagte Präsident Coolidge auf der gestrigen Tagung der Protestantischen Kirchen von Amerika.«

Wenn Egon Friedell sich von den Feuilletons vernachlässigt fand, schickte er fingierte Interviews an die Redaktionen. Diese Interviews begannen zuweilen: »Wir trafen den Künstler bei einer Laubsägearbeit.«

Joseph Conrad las keine Rezensionen. Stattdessen maß er sie mit dem Lineal. Je länger die Rezension war, desto vergnügter wurde er.

Der Dichter, Romancier und Kritiker Richard Aldington hatte für die *Times* ein dadaistisches Buch zu rezensieren. Darin stand dieses Gedicht:

A B C D E F
G H I J K L
M N O P Q R
S T U V W X
Y Z

Aldingtons Rezension lautete:

1 2 3 4 5
6 7 8 9 10

Marcel Reich-Ranicki fragte einmal seinen Kritikerkollegen Joachim Kaiser, ob er ein bestimmtes Buch gelesen habe. »Ja, ich habe es rezensiert«, erwiderte der. »Was!«, rief Reich-Ranicki. »Sie lesen die Bücher, die Sie rezensieren?« »Ja, gewöhnlich tue ich das.« »Falsch, völlig falsch, mein Lieber«, erklärte Reich-Ranicki, »das erzeugt ein Vorurteil!«

Als Volontär der *Münchner Neuesten Nachrichten* wurde Eugen Roth einmal zu einem Fremden geschickt, der in dem riesigen, glanzvollen »Café Luitpold« zu einer bestimmten Stunde sitzen sollte. Der Herr, sagte ihm der Redakteur, habe einen Birnenschädel, oben kahl, rundum rote Haare. Er schaue mit halbblinden, grünen Augen mühsam aus seinem Sommersprossengesicht heraus und habe einen langen Hals, faltig wie ein Truthahn; endlich sei er, obwohl reich und hochgestellt, derart schlecht und unsauber gekleidet, dass man ihn selbst mit einem Handschuh nicht anfassen möge.

Eugen Roth betrat das Café, überblickte das Gewühl der Gäste und ging schnurstracks auf den beschriebenen Herrn los. Der zeigte sich ungemein erfreut, wie gut die Verabredung zweier Unbekannter geklappt habe, und fragte strahlend – soweit er strahlen konnte: »Und nun sagen Sie einmal, wieso Sie mich so rasch gefunden haben?« Es bedurfte großen diplomatischen Geschicks, ihm das zu erklären.

Witold Gombrowicz saß neben dem argentinischen Autor Guillermo de Torre im Theater, der taub war und ein spezielles Hörgerät trug.

Plötzlich vernahm Gombrowicz seltsam scheußliche Laute, wie aus dem Jenseits, menschlich und doch nicht menschlich, gärend, knurrend, irgendwie unanständig, obszön, offenbar von unten kommend ... bis Gombrowicz begriff: Guillermo de Torre war eingeschlafen, das Hörgerät war ihm aus dem Ohr gefallen, ruhte auf seinem Magen und verstärkte das Knurren, das von dort kam.

Percy Bysshe Shelley war äußerst empfindsam. Das bezeugt ein Brief, den er 1821 an Claire Clairmont, Byrons Geliebte, schrieb: »Sie fragen mich, wo ich mich entspanne. Nun – der Wind, das Licht, die Luft, der Blumenduft, all das stimmt mich gewalttätig.«

Ralph Waldo Emersons Frau brauchte einige Zeit, bis sie sich an manche Eigenheiten ihres Mannes gewöhnt hatte. Eines Nachts erwachte sie unvermittelt, hörte ihn im Zimmer herumtappen und seltsame, unheimliche Laute ausstoßen. Ängstlich fragte sie: »Liebling, ist dir nicht gut?«
»Nein, Schatz, nur eine Idee!«

Werfel und Hasenclever hatten sich 1914 in einer kleinen Pension in Leipzig eingemietet. Werfel schlief morgens gern lange, manchmal ließ er sich noch um halb zwölf nicht blicken. Das störte den Ordnungssinn der Wirtin nun doch. Sie klopfte an Werfels Tür und rief indigniert: »Herr Werfel, nun stehen Sie endlich auf! Der Herr Hasenclever hat schon drei Gedichte fertig!«

Das half immer.

Das Ehepaar Zuckmayer besuchte im amerikanischen Exil das Ehepaar Werfel. Die Werfels bewohnten im New Yorker Hotel St. Moritz eine Suite. Als Carl Zuckmayer und seine Frau Alice eintraten, wurden sie nur von Alma Werfel empfangen, von Franz Werfel war nichts zu sehen. So verging eine halbe Stunde, bis ein Klopfen an der Tür zum Nebenzimmer zu vernehmen war. Alma ging an die Tür, und eine Männerstimme war zu hören: »Darf ich jetzt herauskommen?«

»Hast du geschrieben?«, fragte Alma durch die Tür zurück.

»Ja.«

»Wie viel hast du geschrieben?«

»Vier Seiten.«

Alma drehte den Schlüssel im Schloss um, öffnete die Tür, und herein kam Franz Werfel.

Der Literaturhistoriker und Dramatiker Rudolf von Gottschall wohnte in Gohlis, einem Vorort von Leipzig. Nebenher betrieb er eine Bienenzucht, und jeden Tag, den Gott werden ließ, ging er nach Tisch im Garten spazieren.

Und jeden Tag, Punkt drei, öffnete sich ein Fenster des Hauses, und die Gattin rief:

»Rudolf – es ist um drei. Reinkommen ... dichten!«

Er könne ja viel, wurde Roda Roda von Kollegen provoziert, aber eines nicht: Nie, niemals werde er in *Kürschners Deutschem Literatur-Kalender* den ersten Platz einnehmen. Das Jahr ging zu Ende, der neue *Kürschner* erschien, und am Anfang stand: »Aaba Aaba, siehe Roda Roda.«

Friedrich Torberg hieß in Wahrheit Kantor und bildete aus der Endsilbe seines Namens und dem Nachnamen seiner Mutter, Berg, sein Pseudonym. Dessen nordischer Klang verleitete die Frau des dänischen Botschafters in Wien zu der Frage, ob Torberg vielleicht skandinavischer Herkunft sei.

»Möglich ist alles«, erwiderte Torberg, »in diesem Fall müsste einer meiner Vorfahren Schiffsrabbiner bei den Wikingern gewesen sein.«

Das populärste deutsche Soldatenblatt des Ersten Weltkriegs war die *Liller Kriegszeitung*. Als sie einmal ein Kurzgeschichten-Preisausschreiben veranstaltete, dessen Einsendungen ungefähr den Umfang von hundert Wörtern haben sollten, erhielt folgende Miniatur den ersten Preis:

»Als ich die Latrinenstange durchgesägt hatte …

Das, werte Redaktion, sind sechs Wörter. Die übrigen 94 sprach der Feldwebel.«

Schiller hatte den *Fiesco* endlich fertig. Nun musste das Stück ins Reine geschrieben werden, wozu ihm ein Regimentsfurier vorgeschlagen wurde, der eine sehr deutliche und schöne Handschrift hatte. Da vieles aus der ersten Bearbeitung gestrichen, zwischendurch abgeändert oder ganz neu eingelegt war, durfte die Arbeit nicht dem Abschreiber überlassen bleiben, sondern musste ihm in die Feder diktiert werden. Das war Schiller nur recht, indem er nach seiner Art bald sitzend, bald auf und ab gehend vorsagen konnte.

Als aber der Mann gegangen war, wie entsetzt war Schiller, als er seinen Helden Fiesco in ›Viesgo‹, die liebliche Lenore in ›Leohnohre‹, Calcagna in ›Kallkahnia‹ verwandelt, auch in den übrigen Eigennamen falsche Buchstaben und überhaupt die meisten Wörter falsch geschrieben fand.

Seine Klagen hierüber waren ebenso bitter, wie sie zum Lachen reizten, weil Schiller gar nicht begreifen konnte, dass jemand, der so schöne Buchstaben macht, nicht auch jedes Wort richtig schreiben kann.

Während eines Spaziergangs stritten sich Klaus Groth und Theodor Storm, ob das Plattdeutsche höchsten dichterischen Ansprüchen genüge und sich auch für antike Versmaße eigne. Groth bejahte das, während Storm sich entschieden dagegen erklärte. Er meinte, im Mund ihrer einfachen Landsleute würde ein Hexameter immer künstlich wirken, und ließ sich auch durch das Gegenbeispiel des Schweinehirten Eumaios in Homers *Odyssee* nicht überzeugen, das Groth ihm entgegenhielt.

Just in diesem Augenblick trieb ein Schweinehirt seine Herde vorüber und schaute nach einem der Tiere, das ausgebrochen war. »Will dat Swien, dat verdammigte Beest, nich wedder torügg [zurück]?«, rief er zornig und fuchtelte mit der Peitsche. »Tatsächlich, ein Hexameter«, entfuhr es Theodor Storm. Doch der wütende Schweinehirt war noch nicht fertig: »Krieg ick di wedder to fat [zu fassen], hau ick di een mit de Pitsch!« Lachend rief Klaus Groth seinem Dichterkollegen zu: »Einen Pentameter schenkt uns der Bursche hinterdrein – zusammen ein vollkommenes Distichon!«

Eduard Mörike war jedes Pathos zuwider. Einmal besuchte ihn der damals sehr berühmte Emanuel Geibel. Als beide auf einer Wanderung den abendlichen, von der untergehenden Sonne rot erleuchteten Wolkenhimmel betrachteten, konnte sich Geibel nicht enthalten, schwärmerisch loszulegen:

»Oh, wie die sterbende Sonne ihren Glanz über die Wolkenmassen ergießt, dass sie wie grandiose Feuergeister dahinsegeln!«

»Wir Schwaben nennen sie Schäfle«, erwiderte Mörike schlicht.

Als 1931 William Faulkners Roman *Die Freistatt* erschien – eines der härtesten Bücher des Nobelpreisträgers –, fragte ihn eine entsetzte Leserin, ob die Menschheit wirklich so viel schlechter geworden sei als früher: Sie habe dergleichen noch nie gelesen.

»Nein, die Menschen sind nicht schlechter, als sie früher waren«, antwortete Faulkner, »nur die Berichterstattung über ihr Tun und Lassen ist gründlicher und zuverlässiger geworden.«

Kafka mochte Balzac nicht. Einmal parodierte er ihn vor Max Brod aus dem Stegreif: »Ich will dir einen Satz sagen, den Balzac hätte schreiben können. ›Um fünf Uhr nachmittags verließ die Herzogin das Palais und streifte ihren Handschuh über, mit derselben leichten Geste, mit der alle Herzoginnen in Paris um fünf Uhr nachmittags ihre Handschuhe überstreifen.‹ Siehst du: Das ist falsch. Diese Generalisierung stimmt nicht. So darf man nicht erzählen.«

Alexander Pope übersetzte Homers *Ilias* in Englische. Als er einmal in einer kleinen Gesellschaft bei Lord Halifax daraus vorlas, unterbrach ihn der Gastgeber an vier oder fünf Stellen und meinte, da gefalle ihm etwas nicht. Pope wollte höflich sein und widersprach nicht, doch auf dem Nachhauseweg bemerkte er gegenüber einem der Zuhörer, der ihn begleitete, er könne sich gar nicht vorstellen, was den Lord gestört habe. Der Begleiter lächelte: »Alles, was Ihr tun müsst«, sagte er, »ist, alles genau so zu lassen, wie es ist. In zwei oder drei Monaten besucht Ihr Lord Halifax wieder, dankt ihm für seine freundlichen Bemerkungen betreffs jener Passagen und lest sie vor, als hättet Ihr sie geändert.«

So geschah es. Der Lord zeigte sich höchst erfreut und rief: »Ja, Mr. Pope, jetzt ist es perfekt. Nichts könnte besser sein!«

Oscar Wilde gestand einmal einem Freund, dass er den ganzen Vormittag damit verbracht hätte, ein Gedicht zu überarbeiten, in dem er schließlich nichts als ein Komma gestrichen habe.

Allerdings, fuhr er fort, habe er es am Nachmittag wieder eingefügt.

Als Freunde dem Dichter Ovid vorschlugen, er solle drei Verse aus seinen Gedichten ausmerzen, stellte er seinerseits die Bedingung, drei Verse bestimmen zu dürfen, die auf keinen Fall gestrichen werden dürfen. Das schien recht und billig, und so schrieben, voneinander unabhängig, die Freunde diejenigen Verse auf, die sie getilgt haben wollten, der Dichter diejenigen, die er bewahrt wissen wollte.

Der Vergleich ergab, dass auf beiden Zetteln die gleichen Verse standen.

Hans Reimann stritt sich mit einem Franzosen und einem Engländer, wessen Sprache die schwerste sei. Der Engländer votierte für Englisch und sagte: »Wir schreiben zum Beispiel ›Empire‹ und sprechen ›Empeier‹.« Der Franzose war für Französisch und sagte: »Wir schreiben ›Bordeaux‹ und sprechen ›Bordo‹.« Hans Reimann entschied den Streit: »Das Deutsche ist doch die schwerste Sprache. Wir schreiben ›Wie bitte?‹ und fragen ›Hä?‹.«

Einem Freund fiel auf, dass James Matthew Barrie (der Schöpfer des *Peter Pan*) jeden Tag frische Brüsseler Sprotten kaufte, und fragte ihn nach dem Grund. »Ich muss sie einfach immer wieder kaufen«, gestand Barrie, »die Worte sind so herrlich auszusprechen!«

Als Samuel Johnson an seinem englischen Wörterbuch arbeitete, erhielt er einen Brief, worin jemand das Wort *curmudgeon* (Geizhals) ableitete von *cœur méchant* (böses Herz) – eine willkürliche Behauptung, die Johnson aber so gefiel, dass er sie in sein Wörterbuch aufnahm, mit dem Quellennachweis »unbekannter Korrespondent«. Zwanzig Jahre später bereitete ein gewisser Dr. Ash ein eigenes Wörterbuch vor und übernahm den Eintrag. Aber weil er den Ruhm dieser etymologischen Entdeckung für sich reklamieren wollte, verwies er nicht auf Johnson als Quelle, sondern informierte eine erstaunte Öffentlichkeit, dass *curmudgeon* gebildet sei aus *cœur*, ›unbekannt‹, und *méchant*, ›Korrespondent‹.

In seinem *Wörterbuch der englischen Sprache* von 1755 hatte Samuel Johnson ›Fessel‹ als das Knie eines Pferdes definiert. Als ihn eine Frau fragte, warum, antwortete er: »Aus Ahnungslosigkeit, Madam, aus schierer Ahnungslosigkeit!«

1929 nahm T. S. Eliot als Ehrengast an einer Tagung des Oxford Poetry Club teil. Ein Student meldete sich zu Wort: »Sir, was wollten Sie mit dem Vers sagen: ›Drei weiße Leoparden saßen unter dem Wacholderbaum‹?« Eliot musterte den Studenten und sagte: »Damit wollte ich sagen: ›Drei weiße Leoparden saßen unter dem Wacholderbaum.‹«

Der berühmteste Zwischenfall mit Raymond Chandler bei den Dreharbeiten zu *Tote schlafen fest* war seine Antwort auf ein Telegramm von Regisseur Howard Hawks, der fragte, wer Owen Taylor getötet habe, den Chauffeur der Sternwoods, den man tot in der Familienlimousine aus dem Hafenbecken fischt. Chandler prüfte seinen Text, dachte nach und drahtete zurück: »Keine Ahnung.«

Johann Heinrich Voß, dem Homer-Übersetzer und Idyllendichter, war der Hexameter so in Fleisch und Blut übergegangen, dass er auch im Alltag oft in seinen Rhythmus verfiel. Einst sollte er sich am Stadttor von Lübeck ausweisen, und er tat es mit dem Vers: »*Ich* bin der *Voß* aus Eu*tin*, logiere im *Rö*mischen *Kai*ser.«

Der Torwächter aber kannte in Wahrheit längst seinen Voß und erwiderte: »*Voß*, seid will*kom*men in *Lü*beck! *Tre*tet durchs *Tor* in die *Stadt*!«

Henry James hatte einen riesigen Wortschatz und kannte wahrscheinlich mehr Synonyme als irgendein Autor vor ihm oder nach ihm. Einmal gab er dem Kellner in einem Restaurant folgende Bestellung auf: »Bringen Sie ... servieren Sie ... kredenzen Sie mir, wenn Sie die Freundlichkeit hätten ... wenn Sie so gut sein wollen ... in anderen Worten (ich hoffe, Sie können mir folgen) ich hätte gern – ich möchte – ich nehme – wenn es gebraten ... gegrillt ... geschmort ist ... ich würde sagen ... ein großes ... gewaltiges ... fleischiges, mageres (also nicht etwa fettiges und auch nicht sehniges) ... Kotelett. Anders gesagt: Bitte ein Kotelett!«

Ein Gymnasialprofessor, Spezialgebiet: Friedrich Schiller, sagte in der Abschiedsrede zu seinen Abiturienten: »Ich habe nun den ganzen Schiller durchgearbeitet, Dramen, Gedichte, Erzählungen, Übersetzungen, philosophische und ästhetische Aufsätze, historische Schriften, Briefe, alles, was über den Dichter gedruckt worden ist, nirgends kommt das Wort ›Mücke‹ vor. Es bleibt hiernach nur eine Möglichkeit: Schiller hat die Mücke nicht gekannt!«

Shaw wurde nach seiner Meinung über seinen deutschen Übersetzer Siegfried Trebitsch gefragt. Shaw: »Ich kann nichts über ihn sagen. Ich verstehe kein Wort Deutsch und er kein Wort Englisch.«

Jean Cocteau sagte einmal: »Der Unterschied zwischen einem Schriftsteller und einem Übersetzer besteht darin, dass der Übersetzer meistens zwei Sprachen nicht beherrscht.«

Ein Journalist hatte sich Zutritt zu Eckhard Henscheids Arbeitszimmer erzwungen. Henscheid erklärte: »Wenn jemand, der mir auf den ersten Blick unsympathisch ist, von mir wissen will, woran ich gerade arbeite, dann pflege ich zu antworten: Ich schreibe überhaupt nicht mehr.«

»Großartig!«, lachte der Journalist. »Und woran arbeiten Sie gerade?«

»Ich schreibe überhaupt nicht mehr.«

Ein *Kochbuch der Überraschungen* plante einst der Gastronomiekritiker und Satiriker Wolfram Siebeck: In jedem Rezept sollte eine wichtige Zutat fehlen.

Einige Songs seiner *Dreigroschenoper* hatte Brecht wortwörtlich vom Villon-Übersetzer K. L. Ammer abgeschrieben. Alfred Kerr deckte das Plagiat im *Berliner Tageblatt* auf. Brecht verteidigte sich mit der lahmen Ausrede: »Abschreiben ist auch eine schriftstellerische Tätigkeit.«

Wenig später wollte der Reporter Egon Jacobson Brecht interviewen. Brecht war schlechter Laune und wies ihn ab: »Wenn ich etwas zu sagen habe, schreibe ich selber.«

»Nicht immer«, konterte Jacobson. »Oft schreiben Sie, was andere zu sagen haben.«

Jean Cocteau war mit einem seiner Werke nicht zufrieden. Er äußerte das auch seinen Verehrern gegenüber und meinte: »Ich glaube, es ist meine schlechteste Arbeit!« Ein Schmeichler tröstend: »Es wird auch allgemein angenommen, dass Sie gar nicht der Verfasser sind.«

Der Dramatiker Douglas Jerrold war bei seinen Premieren immer sehr aufgeregt. Ein Kollege sagte: »Sehen Sie mich an! Ich bin bei meinen Premieren nie aufgeregt.« »Warum auch?«, versetzte Jerrold. »Ihre neuen Stücke haben ja immer schon früher Erfolg gehabt.«

Ein junger Dichter las dem Epigrammatiker Rivarol ein Distichon vor. Rivarol: »Ganz nett. Aber zu lang!«

Pathetisch, mit schneidender Stimme und in rasendem Furor las Karl Kraus vor Publikum aus der *Fackel*. Ein Zuhörer wurde hinterher gefragt, was Kraus gelesen habe. Der Zuhörer: »Keine Ahnung. Man verstand die Wörter vor lauter Betonung nicht.«

Ferenc Molnár liebte seine Vaterstadt Budapest und sein Stammcafé. Nur dort konnte er arbeiten.

Ein Freund, der aus den USA zurückgekehrt war, schwärmte ihm von dem Land vor und riet Molnár, sich die Neue Welt unbedingt anzusehen. Er würde neue Eindrücke sammeln, auf jedem Gebiet das Modernste sehen und könnte für den Film schreiben. Molnár aber lehnte ab. Der Freund fragte: »Hast du vor der Schiffsreise Angst?«

»Nein, die Reise mit einem modernen Dampfer ist bestimmt sehr bequem.«

»Fürchtest du dich vor der Seekrankheit?«

»Die hat noch jeder überlebt!«

»Oder stört dich die lange Reise?«

»Keine Spur! Mit einem guten Buch und einer Flasche Kognak hält man sie bestimmt aus. Das alles sind keine Hindernisse! Aber eine große Schwierigkeit hast du nicht beachtet.«

»Und die wäre?«

»Wenn ich verreisen will, muss ich hier vom Stuhl aufstehen und das Café verlassen!«

Kaiser Augustus hatte sich auch einmal als Dichter versucht. Er verfasste eine Tragödie über den griechischen Helden Ajax, der sich der Sage nach umbrachte, indem er sich in sein Schwert stürzte. Doch schon bald erkannte der Kaiser, dass sein literarischer Abstecher misslungen sei, und vernichtete sein Drama, indem er das auf Schreibtafeln Geschriebene löschte. Einige Zeit später begegnete ihm der Tragödiendichter L. Varius und erkundigte sich: »Wie geht's deinem Ajax?« – »Er hat sich in den Schwamm gestürzt«, erwiderte Augustus.

Äsop ging spazieren, als plötzlich ein riesiger Tiger den Dichter packte und mit Haut und Haaren verschlang. »Nun, mein guter Äsop«, sagte der Tiger liebenswürdig, »wirst du aus diesem Vorfall auch eine Fabel machen?«

Mit einem Lorbeerkranz auf die Galeere

Der Dichter Philoxenos hatte sich abfällig über die poetischen Versuche des Tyrannen Dionysios I. von Syrakus geäußert und war von ihm in die Steinbrüche geworfen worden. Nach einiger Zeit ließ ihn der Tyrann wieder holen, damit er dem Vortrag neuer literarischer Produkte des Herrschers lausche. Philoxenos hörte einige Zeit zu, doch dann erhob er sich und wollte gehen. »Wohin?«, fragte Dionysios, und der Dichter antwortete: »Zurück in die Steinbrüche.«

Als Thomas Morus in den Tower gesetzt und wegen Hochverrats angeklagt worden war, schickte man ihm einen Barbier in die Zelle, damit er in würdigem Zustand vor Gericht erscheine.

Doch Morus weigerte sich. »Ich führe mit dem König einen Prozess um meinen Kopf«, sagte er. »Bevor ich nicht weiß, wer ihn kriegt, gebe ich kein Geld für ihn aus.«

Der schwedische Lyriker Carl Michael Bellman war bei König Gustav III. in Ungnade gefallen und des Hofes verwiesen worden, doch schickte der Monarch ihm, dem gewandten Hofsekretär, auch weiterhin Arbeiten in die Wohnung.

Als Bellman erfuhr, dass der König zu einer bestimmten Stunde an seinem Haus vorbeireiten werde, sorgte er für ein seltsames Schauspiel: Aus einem offenen Fenster im ersten Stock lehnte der verbannte Dichter, kunstgerecht eingeseift; draußen aber, auf einer an die Hauswand gestellten Leiter, stand ein Barbier und schabte ihm den Bart.

Der König hielt sein Pferd an: »Was, zum Teufel, bedeutet das?«

»Mein Barbier, Majestät«, versetzte Bellman, »ist bei mir in Ungnade gefallen, und ich habe ihm das Haus verboten; aber ich kann den Kerl nicht entbehren.«

Damit fand Bellmans Verbannung vom Hof ein Ende.

Als etliche englische Herren am Dresdner Hof über die Maßen kostbare seidene, mit Perlen und Edelsteinen bestickte Strümpfe trugen, meinte der Dichter Friedrich Taubmann: »Es ist doch zu schade, dass diese Leute mit solchen schönen Strümpfen nicht auf dem Kopf gehen können!«

Jemand fragte Johann Fischart, wie große Herren am leichtesten in den Himmel kommen. Der Spötter erwiderte: »Wenn sie in der Wiege stürben.«

Einmal war George Bernard Shaw beim König George zum Dinner eingeladen. Der König fragte: »Na, Mister Shaw, schmeckt's denn?« Shaw erwiderte: »Ja, danke!« Darauf König George in seiner leutseligen Art: »Das ist die Hauptsache!«

Welt im Spiegel

Der portugiesische König Carlos I. versuchte sich auch in der Musik. Zu einem Quartettabend im Schloss zu Malfra hatte er Ramalho Ortigão eingeladen und fragte ihn am Ende des Konzerts nach seinem Urteil. Der Schriftsteller, etwas verlegen, da er nicht lügen wollte und doch die Wahrheit nicht sagen durfte, aber wusste, dass der König ein Lob – möglichst im Superlativ – erwartete, äußerte schließlich, um ihn nicht zu enttäuschen: »Majestät, von allen Quartetten Europas, die ich bisher gehört habe, ist dies zweifellos das … das … das westlichste …«

Der ungarische Schriftsteller Ferenc Herczeg, dessen Drama *Blaufuchs* in der Zwischenkriegszeit ein großer Publikumserfolg war, hieß eigentlich Franz Herzog.

Eine Gruppe von Ungarn in den USA betrachtete Otto, den ältesten Sohn des letzten Kaisers Karl, als Thronfolger. Bei seinem Besuch in Hollywood veranstaltete der ungarische Komponist Emmerich Kálmán ihm zu Ehren einen großen Empfang. Den Höhepunkt des Abends bildete der Augenblick, als der prominente Gast in einem Thronsessel Platz nahm, huldreich als Chef des Hauses Habsburg diverse Titel verlieh und einen anwesenden ungarischen Politiker der royalistischen Partei sogar in den Grafenstand erhob.

Einige Tage darauf begegnete Emmerich Kálmán Ferenc Molnár und fragte: »Warum bist du nicht gekommen? Der Thronfolger hat sich nach dir erkundigt.«

Molnár: »Ich hatte von den Beförderungen läuten gehört und befürchtet, als Ferenc Molnár zu kommen und als Ferenc Herczeg gehen zu müssen.«

Als Herzog Karl August und Goethe noch als ›die Lustigen von Weimar‹ galten, traten sie spätabends inkognito in ein Bauernhaus. Sie wünschten ein Glas Milch, und als die Bäurin in den Keller ging, die Milch zu holen, stopften sie den fetten Kater, der auf der Ofenbank döste, ins Butterfass und verschwanden.

Nach einiger Zeit ließen sich die beiden Herren im Jagdrock wieder bei der Wirtin blicken, und Karl August drückte ihr einen Dukaten in die Hand: »Sie weiß doch! Für unseren Streich mit dem Kater.«

»Ich danke schön für die Gabe«, versetzte die Bäurin, »aber nötig wäre es nicht. Die Butter von damals hab' ich an den Hof nach Weimar geliefert. Da fressen sie alles!«

Der Kardinal Mazarin musste von den Schriftstellern seiner Zeit sich zuweilen fürchterlich zergeißeln lassen. Er wusste aber dies verdiente Schicksal sehr gut zu benutzen. Wenn zuweilen eine Schmähschrift gegen ihn erschien, die eine recht allgemeine Sensation erregte, so stellte er sich äußerst aufgebracht, ließ über den Urheber aufs schärfste inquirieren, befahl, die vorhandenen Exemplare überall aufzusuchen und zu konfiszieren: und hatte dann Leute zur Hand, welche die eingebrachte Ware aufs teuerste verkaufen mussten. Er soll von diesem Handel 30 000 Livres gezogen haben. Es machte ihm diese Spekulation Vergnügen, und er pflegte zu sagen: »Die Herren Franzosen sind recht artige Leute: ich lasse sie schimpfen und schreiben; und sie lassen mich auch machen, was ich will.«

Carl Friedrich Bahrdt

Der französische Literaturpapst während der Zeit Ludwigs XIV., Nicolas Boileau, hatte seine Laufbahn als Satiriker begonnen. Der Herzog von Montausier fand diese Satiren höchst anstößig und war der Meinung, dass Boileau zur Verantwortung gezogen werden müsste. Als man versuchte, dem Herzog die dichterischen Schönheiten dieser Satiren zu zeigen, rief er unwillig aus: »Also gut! Man schicke Boileau mit einem Lorbeerkranz auf die Galeere.«

Dem Wiener Publizisten Sonnenfels hatte die Zensur einen Aufsatz bis zur Unkenntlichkeit zusammengestrichen; empört rannte er zur Kaiserin, um sich zu beschweren. Maria Theresia saß am Kartentisch und kam, ihr Spiel noch in der Hand, ins Vorzimmer gesaust. Die Unterredung dauerte zwei Minuten, aber Sonnenfels konnte weder vorher noch mittendrin noch hinterher eine Silbe von sich geben. Die Kaiserin nämlich sagte:

»No – was is? Sekkieren sie Ihn schon wieder? Was wollen s' Ihm denn? Was hat Er angestellt? Hat Er was gegen Uns geschrieben? Alsdann is Ihm verziehen. Bei an guten Patrioten fahrt wohl mal das Feuer beim Dach heraus; ich weiß eh, wie Er's meint. Hat Er was gegen die Religion geschrieben? A wo, Er is ja kein Narr. Oder gegen die guten Sitten? Ausgeschlossen; an Saumetzen is Er ja aa net. Ja – da hat Er am End gar was gegen die Minister geschrieben? Ja, mein Lieber, da kann ich Ihm net helfen; ich hab Ihn oft genug g'warnt!«

– und eilte wieder ins Spielzimmer zurück.

Es geschieht selten, dass ein Dichter Minister wird. Deshalb erregte es einiges Aufsehen, als der spanische Schriftsteller José Echegaray 1873 Unterrichts- und Handelsminister wurde. Er war bekannt geworden durch seine zahlreichen Dramen, während niemand wusste, dass er auch Professor der Mathematik und Physik war. Sein Ministerressort umfasste Schulwesen, öffentliche Arbeiten, Industrie, Handel und Ackerbau. Später äußerte er sich selbst scherzend darüber, dass er manche Abteilungen seines Ressorts nur zur Not übersehen konnte und vom Ackerbau überhaupt nichts verstand. Nach langem Grübeln, warum man ihn dennoch zum Ackerbauminister gemacht habe, habe er den Grund gefunden: Sein Vater sei ein bekannter Botaniker gewesen.

Der Lyriker und Essayist Hilaire Belloc kandidierte 1906 für das britische Unterhaus. Er musste allerdings gegen religiöse Vorurteile ankämpfen und hielt seine erste Rede mit einem Rosenkranz in Händen. »Meine Herren«, sagte er, »ich bin Katholik. Wenn möglich, gehe ich jeden Tag zur Messe. Wenn möglich, knie ich nieder und beichte jeden Tag meine Sünden. Wenn Sie mich wegen meines Glaubens nicht wählen, werde ich Gott danken, dass er mich vor der Schande bewahrt hat, Ihr Repräsentant zu sein!«

Belloc wurde gewählt.

Daniele Varè, dessen heitere Gesellschaftsromane aus der Diplomatenwelt in den 1930er Jahren viel gelesen wurden, konnte auch in den heiligen Hallen des Völkerbunds nicht von seinen Späßen lassen. Da die italienische Delegation, der Varè angehörte, nur auf fünf gute Plätze Anspruch hatte, musste er als junger Attaché mit einem Seitenplatz vorliebnehmen, von dem aus man nichts sah und hörte.

Eines Tages entdeckte er, dass hinter den Sitzen von Venezuela Plätze frei waren, kalligraphierte auf ein leeres Nationenschild den Phantasienamen ›Zembla‹ und saß fortan mit einigen jungen Kollegen bequem und gut platziert. Es währte Monate, ehe man sich näher für den rätselhaften Staat interessierte und Varè auf die Seitensitze zurückkehren musste.

Vom Lustspielautor Pedro Muñoz Seca wird folgender Ausspruch bei seiner Verhaftung im Spanischen Bürgerkrieg überliefert: »Ihr könnt mir alles nehmen: das Geld, die Familie, sogar das Leben. Aber eines werdet ihr mir nie nehmen können!« Die Milizionäre wollten wissen, was das wäre. Muñoz Seca: »Die Angst!«

Ein Münchner Nazi versuchte Karl Valentin zum Nationalsozialismus zu bekehren. »Aber Herr Valentin, schauen Sie doch die Millionen, die für Hitler sind – die Millionen –!« »Millionen, gewiss«, sagte Valentin nachdenklich: »Aber *einen* möcht' ich sehen …«

Als sich in den ersten Jahren nach der Machtergreifung der Nazis immer mehr bedeutende Wissenschaftler, Künstler und Schriftsteller gegen die neuen Machthaber erklärten, machte Goebbels einen Versuch, den Arzt und Autor Albert Schweitzer durch das Angebot großer und ehrenvoller Positionen zu einer Rückkehr ins Deutsche Reich zu bewegen. Das Schreiben schloss: »Mit deutschem Gruß, Goebbels«.

Albert Schweitzer antwortete mit einer höflichen Absage und zeichnete: »Mit zentralafrikanischem Gruß, Albert Schweitzer«.

Als Alfred Polgar zum ersten Mal nach seiner Emigration Wien besucht hatte, fasste er seine Eindrücke in dem Satz zusammen: »Die machen aus ihrer Mördergrube ein Herz!«

Er soll auch auf die Frage, wie ihm Wien jetzt gefalle, gesagt haben: »Ich muss leider ein vernichtendes Urteil abgeben: Wien bleibt Wien.«

Als Bertolt Brecht 1948 in Berlin eintraf, ließ er sich von einem Taxifahrer durch die Stadt fahren. Über Brechts Neugier erstaunt, fragte dieser: »Sie waren wohl lange nich hier?« Brecht antwortete: »Seit 1933.« Der Taxifahrer darauf: »Na, da hamse nischt versäumt.«

Als Friedrich Torberg nach Jahren im US-amerikanischen Exil nach Wien zurückkehrte und sein einstiges Stammcafé betrat, hörte er, während er den Mantel auszog, bereits den Ober Franz bestellen: »Einen Braunen und einen Marillenlikör für Herrn Torberg!«

Dann kam der Ober an den Tisch und begrüßte den Gast: »Meine Verehrung, Herr Torberg, waren verreist?«

Wenn Kleist zu Kleister wird

Alfred Kerr, der Theaterkritiker des *Berliner Tageblatts*, kam zu spät zu einer Premiere. Der Logenschließer, der ihn hereinließ, legte den Finger auf die Lippen. »Wieso?«, fragte Kerr. »Schlafen schon alle?«

Bereits nach dem ersten Akt einer Berliner Theaterpremiere ging Kerr an die Garderobe und verlangte seinen Mantel. Die Garderobiere fragt ihn, weshalb er schon gehe. »Den ersten Akt habe ich gesehen«, erwiderte Kerr, »ich nehme an, dass derselbe Autor auch die beiden anderen geschrieben hat.«

Nach dem ersten Akt eines langweiligen Lustspiels trafen sich die Kritiker Alfred Kerr und Julius Bab im Foyer. Bevor sie sich begrüßt hatten, gähnte Bab heftig. »Das wollte ich auch gerade sagen!«, erwiderte Kerr.

Alfred Kerr war dem Verfasser eines neuen Stückes nicht eben gewogen. Der Vorhang ging auf; eine Familie sitzt am Teetisch, und noch bevor ein Wort gesprochen ist, rief Kerr hinein: »Schon faul!«

Siegfried Jacobsohn, Herausgeber und Chefkritiker der *Schaubühne*, flüchtete bereits während des zweiten Akts eines besonders öden Stücks. Im Foyer sah er eine Tafel: »Es ist verboten, Hunde ins Theater mitzubringen!«

Jacobsohn zog einen Bleistift und schrieb darunter: »Auf Veranlassung des Tierschutzvereins.«

1821 wurde Kleists *Prinz von Homburg* an einem Wiener Theater in einer Bearbeitung aufgeführt, die das aufwühlende Drama pathetisch noch zu steigern suchte. Das Werk ging im Gelächter und Zischen des Publikums unter.

Ludwig Tieck, der nicht nur als Romantiker, sondern auch als Herausgeber des Nachlasses von Kleist Ruhm genoss, sagte: »Kein Wunder, dass die Aufführung missglückte. Wenn man Kleist steigert, wird Kleister daraus!«

Die Proben zu George Bernard Shaws *Androklus und der Löwe* waren lang und anstrengend. Max Reinhardt führte Regie. Egon Friedell spielte die Hauptrolle, und den Erfolg seines Berliner Debüts wollte er nicht den Launen der Kritiker überlassen. Also rief er die beiden bedeutendsten Kritiker an, von denen er wusste, dass sie erbitterte Feinde waren, und teilte jedem von ihnen mit, dass der Herr Kollege einen gnadenlosen Verriss plane.

Beide Kritiken fielen glänzend aus.

Heinrich Laube hatte am Burgtheater, dessen Direktor er war, sein Trauerspiel *Graf Essex* zur Aufführung gebracht. Am nächsten Tag musste er in der Kritik lesen: »Nach Schluss der Vorstellung nahm Direktor Laube für den nicht vorhandenen Dichter den spärlichen Beifall entgegen.«

Das Königstädter Theater in Berlin war ziemlich schlecht besucht. Der Volkswitz bemächtigte sich bald dieser Tatsache mit der ironischen Nachricht, aus der ersten Reihe sei ein Mann in die psychiatrische Klinik gebracht worden, weil er hartnäckig behauptet habe, es sitze jemand hinter ihm.

Uraufführung eines Dramas von Max Halbe. Wedekind flüsterte dem Autor zu: »Sieh mal, der Herr in der zweiten Reihe da vorn ist bereits eingeschlafen.«

Zwei Tage später stand ein Stück von Wedekind auf dem Spielplan. Halbe war überglücklich, nun seinerseits Wedekind auf einen Schläfer aufmerksam machen zu können.

»Tatsächlich«, sagte Wedekind, »er ist noch immer nicht aufgewacht.«

Für sein Antikriegsstück *Antigone* erhielt Walter Hasenclever den Kleistpreis. Dies war eine Auszeichnung, mit der der Lustspielautor Curt Goetz niemals rechnen durfte.

Man hinterbrachte Goetz, dass bei der Premiere seiner Komödie *Hokuspokus* Hasenclever im Zuschauerraum gesessen habe, aber im Lauf des Abends keine Miene verzogen, weder gelacht noch auch nur gelächelt habe.

Am nächsten Tag stellte er Hasenclever im Romanischen Café zur Rede: »Das ist unkollegial von Ihnen, Hasenclever.

Ich habe mich seinerzeit im Großen Schauspielhaus über Ihre *Antigone* halb totgelacht.«

Nach der Uraufführung eines Dramas von Gerhart Hauptmann erhob sich das Publikum und applaudierte stehend. Hauptmann blieb unerkannt im Dunkeln sitzen. Da trat der Logenschließer auf ihn zu und flüsterte ihm ins Ohr: »Ich denke genau wie Sie, mein Herr – aber bitte stehen Sie auf und reizen Sie die Leute nicht.«

In den Münchner Kammerspielen wurden drei Einakter aufgeführt, von Frank Wedekind, Erich Kästner und Wolfgang Hildesheimer. Wedekind war bereits tot, höchstens seine Erben konnten sich aufregen. Kästner war voller Vertrauen in die Regiekunst von August Everding, lediglich Hildesheimer konnte eine gewisse Erregung nicht verbergen. »Ja«, meinte Everding, »die Aufregung geht auch vorüber, Herr Hildesheimer.« Aber Hildesheimer blickte entschlossen vor sich und sagte: »Wenn die ersten beiden Stücke durchfallen, habe ich für mein eigenes keine Sorge mehr.«

Nach einer Wiederaufführung seines Dramas *Candida* in New York kabelte George Bernard Shaw der Titelheldin, der Schauspielerin Cornelia Otis Skinner: »Ausgezeichnet. Unübertrefflich!« Die Skinner telegrafierte zurück: »Sie übertreiben. Lob unverdient!« Darauf wieder Shaw: »Ich meinte das Stück.« Skinner: »Ich auch.«

Im Frankfurter Schauspielhaus wurde *Egmont* gegeben. Ein Besucher wandte sich an seinen Nachbarn mit der Frage, ob er ein Programm habe.

»Ei, des tut mir forschba leid, ich hab aach keins.«

»Aber könne Sie mir vielleicht sage, von wem das Stück ist?«

»De Name kann ich Ihne aach net nenne, awwer es soll ein Hiesiger sein.«

Oskar Blumenthal, Verfasser des *Weißen Rößl* und als Kritiker ›der blutige Oskar‹ genannt, saß mit einigen Freunden am Stammtisch. Man sprach von einer Schauspielerin, die einst große Rollen am Berliner Lessingtheater gespielt hatte und jetzt ihren Unterhalt damit bestritt, kleinere Summen zu größeren Zinsen auszuleihen. Blumenthal: »Sie ist ein Veilchen geworden, das im Verblühen borgt.«

Der Wiener Volkstheaterautor und Schauspieler Ferdinand Raimund beneidete seinen Landsmann Grillparzer, weil er das in klassischem Hochdeutsch sagen konnte, wovon er, Raimund, träumte. »I hab bloß d' schönen Wort' net«, rief er einmal verzweifelt aus, »und wenn i sie hätt', möchten s' die Leut in meiner Vorstadt draußen net verstehn. Es ist ewig schad um mich …«

Es passte ihm auch nicht, als Komödiant auf der Bühne zu stehen, obwohl er durch seine kleine, unbedarfte Erscheinung und seine krätzige Stimme bereits unnachahmlich komisch wirkte. Er sehnte sich nach der Rolle des Hamlet, des Tasso, des Marquis Posa.

»I bin«, sagte er bekümmert, »zum tragischen Heldenspieler geborn. Was mir fehlt, das ist halt nur d' Gstalt und 's Organ …«

Johann Nestroy und sein Kollege, der Komiker Wenzel Scholz, wurden in dem gemischten Repertoire des Wiener Carltheaters gegen ihren Willen auch zu kleineren Rollen in ernsten Stücken genötigt, bis sie eines Abends den Direktor veranlassten, sie in seinem eigenen Interesse künftig mit solchen Rollen zu verschonen. Das kam so:

In einer Aufführung des *Tell* erschien Nestroy als Frießhart mit einem riesigen Bart, Scholz als Leuthold mit knallroten Backen und zwei dicken, aufrechtstehenden Wülsten über den Augen, die die Brauen darstellen sollten. Mit stoischem Ernst, der umso drastischer wirkte, nahmen die Söldlinge Tell gefangen, »weil er dem Hut nicht Reverenz erwiesen«. So weit lief die Sache leidlich ab, bis der Landvogt mit großem Gefolge auf die Szene trat und von den Wächtern erfuhr, dass Tell gefangen sei, »weil er dem Hut nicht Reverenz erwiesen«. Erzürnt spricht der Landvogt: »Verachtest du so deinen Kaiser, Tell –« Nestroy als Frießhart einfallend: »Dass du dem Hut nicht Reverenz erweisest?« Geßler mit abwehrender Bewegung gegen Nestroy fortfahrend: »Und mich, der hier an seiner Statt gebietet –« Scholz als Leuthold: »Dass du dem Hut nicht Reverenz erweisest?« Geßler: »Dass du die Ehr' versagst dem Hut, den ich zur Prüfung des Gehorsams aufgehangen? –« Nestroy: »Dass du dem Hut nicht Reverenz erweisest?« Tell: »Verzeiht mir, lieber Herr! Aus Unbedacht, nicht aus Verachtung Eurer ist's geschehn. Wär' ich besonnen –« Scholz:

»Würd' er dem Hute Reverenz erwiesen haben.« So ging die Szene fort, bis die Darsteller der ernsten Rollen sich vor Verlegenheit nicht mehr zu fassen wussten und die Zuschauer in ein nicht enden wollendes Gelächter ausbrachen. Wenn der Landvogt Tell befahl, die Armbrust zu nehmen, riet ihm Scholz, dem Hute Reverenz zu erweisen; wenn Geßler den armen Vater verhöhnte, dass er das Seltsame liebe, so meinte Nestroy, das beweise er, »weil er dem Hute nicht Reverenz erwiesen«. Die Komiker wurden von der Direktion mit einer Strafe belegt, aber mit kleinen Rollen in ernsten Stücken nie mehr behelligt.

Schiller und einige Freunde besuchten, von Oggersheim kommend, Worms und sahen sich im Packhaus von einer wandernden Schauspieltruppe *Ariadne auf Naxos* an. Die Aufführung war ebenso ärmlich wie lächerlich; beispielsweise waren an dem Schiff, das den Theseus abzuholen kam, zwei Kanonen gemalt, und der Donner, durch den Ariadne vom Felsen geschleudert wird, wurde mittels eines Sacks Kartoffeln, den man in einen großen Zuber ausschüttete, erzeugt. Die fröhlichen Freunde fanden reichlich Anlass, alles zu belachen und zu bespotten. Schiller aber sah mit ernstem, tiefem Blick ganz verloren auf das Theater, als ob er nie etwas Ähnliches gesehen hätte oder es zum letzten Mal sehen sollte, und auch nach Ende der Aufführung konnten die Bemerkungen der anderen ihm kaum ein Lächeln entlocken.

Rudolf Borchardt, der manchmal ziemlich vergesslich war, bat seinen Freund Hugo von Hofmannsthal, ihm zwei Karten für die *Jedermann*-Aufführung in Salzburg zu besorgen. Hofmannsthal kam der Bitte nach und telegrafierte an Borchardt: »Sitze besorgt Rangloge.«

Borchardt, ganz zerstreut, drahtete zurück: »Warum sitzest du besorgt Rangloge?«

In den Ausflugsorten rund um Berlin prangten früher an den Eingängen der Wirtshausgärten Schilder mit der Aufschrift: »Hier können Familien Kaffee kochen!« Das bedeutete, die einkehrenden Familien konnten ihren mitgebrachten Kaffee aufbrühen, wozu der Wirt heißes Wasser und Geschirr bereitstellte.

Als Gustaf Gründgens mit seiner damaligen Ehefrau Erika Mann, deren Bruder Klaus Mann und dessen Gattin Pamela Wedekind in einem Berliner Theater ein Vierpersonenstück spielte, hängte ein Spaßvogel an die Bühnentür ein Schild mit der Aufschrift: »Hier können Familien Theater spielen!«

Max Reinhardt wollte Shakespeares *Sommernachtstraum* auf einer Freilichtbühne bei Oxford inszenieren. Er besah sich die Spielstätte: »Sehr schön, wirklich«, sagte er, »aber« – und hier wies er auf die Dächer von Headington in der Ferne – »das Dorf da hinten muss weg!«

Ich bin nur scheintot

Somerset Maugham verbrachte seinen Lebensabend an der französischen Riviera. Auf einer Party in Monte Carlo kam er mit dem Inhaber des größten Bestattungsunternehmens zusammen, der freimütig bekannte: »Leider muss ich gestehen, dass ich noch nie ein Buch von Ihnen gelesen habe.«

»Aber ich bitte Sie, Monsieur«, erwiderte Maugham liebenswürdig, »ich habe mich ja auch noch nie von Ihnen beerdigen lassen!«

Rudyard Kipling las in der Zeitung, dass er gestorben sei. Er schrieb der Redaktion: »Bitte vergessen Sie nicht, mich von der Liste der Abonnenten zu streichen!«

1948 erlitt der amerikanische Kritiker und Essayist H. L. Mencken einen Schlaganfall und konnte nicht mehr lesen und schreiben, wenn er auch sonst bei klarem Verstand geblieben war. Mit einer Zigarre in der einen Hand und einem Drink in der anderen empfing er weiterhin Besuche und ließ seinen Witz leuchten. Ein Besucher fragte ihn nach dem einst sehr produktiven Autor Edgar Lee Masters: »Er starb 1948, oder?«

»Ja«, grinste Mencken. »Im selben Jahr wie ich.«

Thomas Hardy war stolz auf sein hohes Alter. Als er 1928 sein Buch *Winterliche Worte* zur Veröffentlichung vorbereitete, schrieb er im Vorwort: »Soviel ich weiß, bin ich der einzige englische Dichter, der einen neuen Band Gedichte an seinem ... Geburtstag herausbrachte.« In der Lücke sollte »89.« stehen, aber dazu kam es nicht mehr: Das Buch erschien postum.

Einige Jahre vor seinem Tod wurde Shaw vom *Evening Standard* gebeten, seine eigene Grabschrift zu verfassen. Shaw zeichnete einen unkrautüberwucherten Grabstein und darauf die Inschrift:

»Hier ruht
George Bernard Shaw
Wer zum Teufel war das?«

Shaw war krank. Der Arzt maß die Temperatur: Fieber. Dann den Puls: »Geht langsam, merkwürdig langsam.«

»Warum auch nicht«, sagte Shaw. »Ich habe Zeit.«

Eine junge Journalistin gratulierte Shaw zu seinem 94. Geburtstag und fragte ihn nach seinem Befinden. Shaw: »Liebes Kind, in meinem Alter fühlt man sich entweder wohl oder ist schon lange gestorben.«

Eine Frau von neunzig Jahren sagte zu dem 95-jährigen Fontenelle: »Der Tod hat uns vergessen!« – »Still«, erwiderte Fontenelle, indem er den Finger auf den Mund legte.

Der Garten des Momus

Zu Ehren Victor Hugos wurde ein Bankett veranstaltet, und alle Redner erschöpften sich in Lobsprüchen. Hugo aber merkte, dass seine Schriftstellerkollegen nicht gerade entzückt waren. Er seufzte schwer. »Was haben Sie, Meister?«, fragte man ihn. »Ach, nichts«, sagt er, »aber ich spüre, dass meine Zeit bald um ist.« Einer seiner aufrichtigen Freunde geht nach Tisch zu ihm, ob er sich ernstlich krank fühle. »Keine Spur«, erwidert Victor Hugo, »es geht mir ausgezeichnet; aber meine Kollegen waren so traurig, als sie zuhören mussten, wie man mich lobt, dass ich doch etwas tun wollte, um sie aufzuheitern.«

Nach Lessings Tod fragte man seine langjährige Haushälterin, wie der Dichter gelebt hätte. Ihre Antwort verblüffte die Frager: »Nu, er tat nischt, er taugte nischt und roochte viel!«

Lope de Vega lag auf dem Sterbebett. Er fragte den Arzt: »Es geht zu Ende mit mir?«

»Ja«, erwiderte der Arzt.

»Ich muss es bestimmt wissen, denn ich habe noch etwas zu sagen. Aber nur, wenn ich sicher bin, dass ich sterbe.«

»Ihr könnt es getrost sagen«, versicherte der Arzt, »es ist keine Hoffnung mehr.«

»Nun denn«, sagte Lope de Vega, und ein Ausdruck der Erleichterung malte sich auf seinen Zügen, »Dante soll mich ...«

Als Alexander Pope mit der letzten, tödlichen Krankheit rang, redete ihm der Arzt ein, dass sein Puls immer kräftiger, sein Atem immer leichter gehe, sein Gesicht gesunde Farbe habe usw. »Mit einem Wort«, sagte Pope, »ich sterbe an lauter guten Symptomen!«

Rabelais lag schwerkrank darnieder. Die Ärzte stritten sich über die richtige Diagnose und die korrekte Behandlung. Da bat Rabelais ums Wort: »Meine Herren, lassen Sie mich eines natürlichen Todes sterben!«

Brecht unterhielt sich gern mit einfachen Leuten, sogar über Dinge, über die er sonst nie sprach. Einer fragte ihn, wie es mit dem Tod sei.

»Wissen Sie«, sagte Brecht, »mit dem Leben ist das so: Die Herzklappen öffnen sich und schließen sich und öffnen sich und schließen sich, und eines Tages öffnen sie sich nicht mehr.«

Brecht bewunderte Anatole France, der sich sterbend ein paar leichte Algebra-Aufgaben vorgenommen hatte und über ihrer Lösung entschlafen war. »Entweder war er schon fertig mit dem Nachdenken über den Tod, oder er hatte entschieden, dass die Frage unlösbar ist«, sagte Brecht. Als man ihn fragte, ob das nicht eine seichte Art zu sterben sei, antwortete er: »Wenn man über den Fluss muss, wählt man gern eine seichte Stelle.«

Der französische Lyriker François Malherbe sagte zu seinem Beichtvater, der ihm in abgegriffenen Ausdrücken das Leben nach dem Tode schilderte: »Redet mir nicht vom ewigen Leben! In einem so schlechten Stil ist es mir zuwider!«

Hans Christian Andersen fürchtete sich davor, lebendig begraben zu werden. Wenn er abends zu Bett ging, schrieb er stets einen Zettel mit den Worten:

»Ich bin nicht gestorben, sondern nur scheintot.«

Am Morgen nahm sein treuer Diener diesen Zettel wortlos vom Bett und warf ihn weg, und abends schrieb der Dichter einen neuen.

Emanuel Geibel gehörte ein Vierteljahrhundert lang zu den tonangebenden Lyrikern. In Lübeck, wo er seit 1868 lebte, war er fast ein ›Stadtheiliger‹, eben *der* Lübecker Dichter. Als er 1884 mit großem Prunk zu Grabe getragen wurde, fragte eine Fischfrau in der Markthalle einen ihrer Kunden: »Wer kriegt nu de Stell? Wer wird nu Dichter?«

Die Nachricht vom Tod seines Großherzogs Karl August, der 1828 in Graditz bei Torgau gestorben war, überraschte Goethe beim Mittagessen, an dem einige in Weimar anwesende Fremde teilnahmen. Man hatte gezögert, Goethe die Nachricht mitzuteilen. Endlich geschah es doch. Da sagte Goethe zu den Gästen: »Das ist grob! Reden wir von etwas anderem!«

Ein elender Verseschmied, namens Admet, erwähnte gegenüber Demonax eine Grabschrift von seiner Arbeit, die in einem einzigen Vers bestand und folgendermaßen lautete:

Erde, nimm du den Leib des Admet, er selbst stieg zu Gott auf.

Ich habe in meinem letzten Willen verordnet, dass sie auf meinen Leichenstein geschrieben werden soll, sagte der Versifex. Deine Grabschrift ist so schön, versetzte Demonax lachend, dass ich wollte, sie wäre schon draufgeschrieben!

Lukian

Carl Sternheim war überaus ehrgeizig. Jemand verfasste auf ihn dieses Epitaph: »Hier ruht Carl Sternheim. Es ist der einzige Platz, nach dem er nicht gestrebt hat.«

Der französische Lustspielautor Eugène Labiche lag auf dem Sterbebett, und sein Sohn stand einige Schritte daneben. Plötzlich überkam den jungen Mann, der einige Monate zuvor seine Frau verloren hatte, eine tiefe Traurigkeit. Er trat an das Bett, beugte sich über seinen Vater und küsste ihn zärtlich. »Wenn du sie dort oben wiedersehen wirst, sage ihr, dass ich sie nicht vergessen habe ...« Da glitt ein mattes Lächeln über die Züge des Sterbenden, und er antwortete mühsam: »Möchtest du das doch selbst bestellen!«

Sein Leben lang wollte sich Italo Svevo das Rauchen abgewöhnen. Bei jeder Zigarette, die er sich ansteckte, sagte er: »Das ist die letzte.« Am 13. September 1928 wurde er in Motta di Livenza von einem Auto überfahren. Obwohl er sofort in ein Krankenhaus eingeliefert wurde, war keine Rettung möglich. Svevo wusste, dass er den inneren Blutungen erliegen würde. »Soll ich einen Priester rufen?«, fragte ihn seine Frau. »Nein«, antwortete Italo Svevo, »gib mir lieber eine Zigarette – das ist nun wirklich die letzte.«

Man fand Peter Hille in einem Park in Berlin, vom Hunger ausgezehrt und bewusstlos. Else Lasker-Schüler erfuhr es aus der Zeitung. Sie brachte ihn in ihre Wohnung, pflegte ihn und wachte Tag und Nacht bei ihm. Nach mehreren Tagen erlangte Peter Hille das Bewusstsein wieder, schaute sich um, sah das saubere Bettzeug, in dem er lag, die Frau, die an seiner Seite wachte, lächelte still und stieß flüsternd hervor: »Ich habe ja gewusst, dass es dem Menschen wenigstens einmal gutgehen muss im Leben ...«, und starb.

Der chinesische Dichterphilosoph Dschuang Dsi lag im Sterben, und seine Jünger wollten ihn prächtig bestatten. Dschuang Dsi sprach: »Himmel und Erde sind mein Sarg, Sonne und Mond leuchten mir als Totenlampen, die Sterne sind meine Perlen und Edelsteine, und die ganze Schöpfung gibt mir das Trauergeleit. So habe ich doch ein prächtiges Begräbnis! Was wollt ihr da hinzufügen?«

Die Jünger sprachen: »Wir fürchten, die Krähen und Geier möchten den Meister fressen.«

Darauf Dschuang Dsi: »Unbeerdigt diene ich den Krähen und Geiern zur Nahrung, beerdigt den Würmern und Ameisen. Den einen es nehmen, um es den anderen zu geben: warum so parteiisch sein?«

Der Kritiker und Dichter Matthew Arnold war ein kühler, reservierter und kompromissloser Mann, der an allem etwas auszusetzen hatte. Einen Teil seines erschütternd pessimistischen Gedichts *Die Gestade von Dover* schrieb er während der Flitterwochen.

Als Louis Stevenson von Arnolds Tod hörte, bemerkte er: »Der Ärmste! Er ist jetzt im Himmel – aber Gott wird ihm nicht gefallen.«

Als Paul Claudel zum Katholizismus übergetreten war, versuchte er, andere Autoren zum selben Schritt zu überreden. In vielen Fällen hatte er Erfolg; nur der Atheist André Gide weigerte sich beharrlich. Jahrelang korrespondierten Claudel und Gide über theologische Fragen. Als Gide merkte, dass es ans Sterben ging, schrieb er einen letzten Brief an Claudel. Einige Tage nach Gides Tod brachte ein Freund diesen Brief zur Post. Und am nächsten Morgen las Claudel: »Lieber Claudel, ich bin angekommen. Es gibt ihn nicht. André Gide.«

Als in Lafontaines Gegenwart das Schicksal der Verdammten in der Hölle beklagt wurde, sagte er: »ich hoffe, dass sie sich nach und nach daran gewöhnen und sich endlich dort wie der Fisch im Wasser befinden werden.«

Der Garten des Momus

Der Verleger Osgood, der damit geprahlt hatte, dass seine Bücher gleichzeitig in London und New York erschienen, war gestorben. »Das ist ein großer Verlust für uns«, sagte Oscar Wilde. »Wahrscheinlich wird man ihn gleichzeitig in London und New York begraben.«

Mark Twain kam als Siebenmonatskind zur Welt, kränkelte in den ersten Lebensjahren, war empfindlich, scheu, schwierig. Als erwachsener Mann fragte er seine Mutter, ob er wirklich ein Sorgenkind war: »Angst, dass ich nicht überlebe?« Und erhielt die grausame Antwort: »Nein, im Gegenteil.«

Im Alter musste Eugen Roth feststellen, dass sein Gedächtnis nachließ. Sein Arzt empfahl ihm, etwaige Peinlichkeiten mit einem Scherz zu überspielen und zu sagen:

»Drei Dinge kann ich mir nicht merken: keine Namen, keine Zahlen – und das dritte habe ich jetzt auch vergessen!« Tatsächlich begann Eugen Roth bei nächster Gelegenheit richtig mit treuherziger Pfiffigkeit: »Drei Sachen kann ich mir nicht merken: keine Namen, keine Zahlen ...«, aber kläglich schloss er, nach einer vermeintlichen Kunstpause, »jetzt bringe ich den Witz auch nicht mehr zusammen!«

Boileau schickte seinen Bedienten zu [dem Dramatiker] Boisrobert, der am Podagra krank lag, und ließ sich nach seinem Wohlbefinden erkundigen; er brachte die Antwort, dass der Schmerz sich verdoppelt hätte. – »So flucht er wohl recht?«, fragte Boileau. – »Ach!«, entgegnete der Bediente: »das ist auch noch sein einziger Trost.«

Der Garten des Momus

Mark Twain war krank. Als er von der Krankenschwester etwas zu essen verlangte, erhielt er lediglich einen Löffel Nährsalz. Nachdem er diese Mahlzeit heruntergeschluckt hatte, sagte Mark Twain: »So, gegessen hätte ich nun; bringen Sie mir jetzt bitte etwas zum Lesen – vielleicht eine Briefmarke.«

Hans Christian Andersen war ein Hypochonder. Bei einem Mittagessen in Berlin verschluckte er sich, hustete, spuckte und behauptete, im Fleisch hätte sich eine Stecknadel befunden, die er deutlich im Hals spüre. Am Abend und noch am nächsten Tag war er sehr beunruhigt. Seine

Angst war so groß, dass er dadurch ganz vergaß, ein kleiner Pickel über der Augenbraue könne sich zu einer großen Geschwulst auswachsen, wodurch das Auge zuschwellen könnte. Dieses wiederum hatte ihn vergessen lassen, dass er möglicherweise einen Bruch bekäme, weil ihn jemand mit einem Stock in der Leistengegend berührt hatte. Diese Sorge hatte schließlich dazu geführt, dass er den Gedanken aufgab, der ihn bei seiner Ankunft in Berlin sehr beschäftigt hatte, er könnte Wasser im Knie haben.

Auf diese Weise trieb er den Teufel mit dem Beelzebub aus.

Als Frank Wedekind wegen Majestätsbeleidigung eine siebenmonatige Festungshaft verbüßen musste, hatte er wenig Bewegung, aber viel zu essen und nahm gewaltig zu. Nach seiner Entlassung war der einst hagere Dichter pausbäckig und dickbäuchig geworden. Im *Simplicissimus* veröffentlichte Thomas Theodor Heine eine Zeichnung, auf der Wedekind nackt vor dem Spiegel steht und seufzt: »Das verfluchte Fett verdirbt mir meinen ganzen Satanismus.«

Wedekind war beleidigt, kaufte sich ein Fahrrad, um abzunehmen, und radelte jeden Tag durch den Englischen Garten – bis er stürzte und sich ein Bein brach. Wedekind, der schon bei einem Schnupfen alle Freunde ans Krankenlager rief, um ihnen Lebewohl zu sagen, legte sich darnieder und bereitete sich aufs Sterben vor. Da sich sein Ableben aber keineswegs programmgemäß vollzog, wurde es ihm bald langweilig. Tag für Tag lud er nun seine Freunde zu fröhlichen Gelagen ins Sterbezimmer und nahm erneut gewaltig zu. Das wurde dem Arzt nun zu bunt, er nahm seinem Patienten den Gipsverband ab und jagte ihn aus dem Bett. Wedekind war verbittert über diesen undramatischen Abschluss der ganzen Affäre, weshalb er noch monatelang an zwei Stöcken malerisch durch München humpelte.

Der französische Dramatiker Claude Joseph Dorat ließ sich noch an seinem Todestag sorgfältig frisieren. Auf die Frage eines Freundes, warum er so viel Mühe auf seine Toilette verwende, sagte er: »Ich bereite mich zum Rendezvous vor. Heute kommt der Tod, um mich zu holen, und ich habe von jeher die Galanterie besessen, für jeden pünktlich in Toilette zu sein.« Als sich ihm daraufhin seine Freundin leidenschaftlich weinend in die Arme warf, bemerkte er: »Du hast meinem Herzen wohlgetan, aber meine Frisur ruiniert.«

Unmittelbar vor seinem Tod phantasierte Schiller in unzusammenhängenden Sätzen: »Wer löste die Kanonen? – Wer kommandiert den linken Flügel? – Siehst du? – Die Kettenkugeln reißen ganze Glieder nieder! – Wie prächtig sieht das Regiment aus – weiß und blau! – Sind sie im Lager? – Das ist lustig! – Singt noch einmal den Rundgesang!«

Einige letzte Worte:
Henrik Ibsen, als man ihm sagte, sein Zustand bessere sich: »Im Gegenteil!«

Honoré de Balzac: »Acht Tage mit Fieber! Ich hätte noch Zeit gehabt, ein Buch zu schreiben.«
Gertrude Stein: »Was ist die Antwort?« Als keine Antwort kam, lachte sie und sagte: »In diesem Fall: Was ist die Frage?«
Matthias Claudius: »Führe mich nicht in Versuchung und bewahre uns vor dem Bösen ... Gute Nacht!«
Wilhelm Raabe: »Ist er denn noch nicht tot?«
Thomas Mann: »Gebt mir meine Brille!«
James Joyce: »Versteht mich denn niemand?«
James Thurber: »Gott schütze ... gottverdammt!«
Heinrich Spoerl, Autor erfolgreicher Unterhaltungsromane und zusammen mit Hans Reimann Verfasser der *Feuerzangenbowle*: »Nanu, was soll das?«
Ernst Rowohlt: »Eigentlich ist doch jetzt Bockbierzeit.«
Heinrich Maria Ledig-Rowohlt: »Na, jetzt langt es aber auch allmählich.«

Herr von R. hatte in einer Gesellschaft Epigramme auf drei oder vier Personen vorgelesen, deren keine mehr am Leben war. Man wandte sich gegen Herrn von ..., als wollte man ihn fragen, ob er nicht auch einige der Gesellschaft zum Besten geben wollte. Ich? fragte er naiv: Meine Originale leben alle, ich kann Ihnen nichts vorlesen.

Nicolas Chamfort

Verzeichnis der Autoren, Texte und Druckvorlagen

ANEKDOTENALMANACH 1809

Eine Dame, die für belesen angesehn sein wollte. Aus: Anekdotenalmanach auf das Jahr 1809. Ges. und hrsg. von Karl Müchler. Berlin: Buchhandlung des Commercien-Raths Matzdorff, [o. J.]. S. 146.

ANEKDOTENLEXIKON

Johnson befand sich. Aus: Anekdotenlexikon für Leser von Geschmack. Hrsg. von Karl Müchler. Berlin: Karl August Stuhr, 1817. Bd. 1. S. 265 f., 284 f., 121, 105.

CARL FRIEDRICH BAHRDT (1741–1792)

Der Kardinal Mazarin musste von den Schriftstellern. Aus: C. F. B.: Anekdoten und Charakterzüge. Aus der wahren Geschichte für Liebhaber des Vademekums und ernsthafte Leser. Ein Nachlass von Dr. Carl Friedrich Bahrdt. Germanien [Hamburg], 1793. S. 5 f.

NICOLAS CHAMFORT (d. i. Sébastien-Roch-Nicolas C., 1741–1794)

Duclos sagte einst zur Frau von Rochefort; *D'Alembert befand sich bei Voltaire.* Aus: N. C.: Maximen, Charakterzüge und Anekdoten. Zweites Bändchen. Leipzig: Gottfried Martini, 1797. S. 169 f., 161 f., 80, 162, 109.

MARCUS TULLIUS CICERO (106–43 v. Chr.)

Als Scipio Nasica zum Dichter Ennius kam. Aus: M. T. C.: Drei Bücher vom Redner. Übers. und erkl. von Raphael Kühner. Berlin: Langenscheidtsche Verlags-Buchhandlung, [3]1897. S. 245 f.

DENKWÜRDIGKEITEN

Man machte ihn; Burmann befand sich. Aus: Denkwürdigkeiten, Charakterzüge und Anekdoten aus dem Leben der vorzüglichsten deutschen Dichter und Prosaisten. Hrsg. von Karl Heinrich Jördens. Leipzig: Kummer, 1812. Bd. 1, 79.

DER GARTEN DES MOMUS

Marolles tat sich; *Eine Frau von neunzig Jahren*; *Boileau schickte*; *Als in Lafontaines Gegenwart.* Aus: Der Garten des Momus den Freunden der Geselligkeit geöffnet. Eine Auswahl vorzüglich gewählter Anekdoten, drolliger Schnurren [...]. Hrsg. von Philibert Rheden. Frankfurt a. M.: Bei Ferdinand Boselli, 1823. S. 119, 74, 11 (die Originalpointe der Anekdote lautet: »›Also gerade, was sie werth sind‹, antwortete dieser«), 156, 155 f., 152.

LUKIAN (um 120 – um 180 n. Chr.)

Ein elender Verseschmied. Aus: Lukian: Sämtliche Werke. Nach der Übersetzung von C. M. Wieland bearb. und erg. von Hanns Floerke. Bd. 3. Berlin: Propyläen, 1922. S. 74. (Die Übersetzung von Floerke wurde für die vorliegende Anthologie bearbeitet und ergänzt.)

THOMAS SCHAEFER (geb. 1959)

Der 1972er Nobelpreisträger Heinrich Böll. (Erstveröffentlichung.) –

WELT IM SPIEGEL

Einmal war George Bernard Shaw. Aus: Robert Gernhardt / F. W. Bernstein / F. K. Waechter: Welt im Spiegel. 1964–1976. Frankfurt a. M.: Zweitausendeins, 1979. S. 15.

Verwendete Literatur

Ähnliches ist nicht dasselbe. Eine rasante Revue für Ror Wolf. Hrsg. von Oliver Jahn und Kai U. Jürgens. Kiel 2002.

Claudius Aelianus: Bunte Geschichten. Aus dem Griechischen. Übers., Nachw. und Register von Hadwig Helms. Leipzig 1990.

American Literary Almanac. From 1608 to the Present. An Original Compendium of Facts and Anecdotes about Literary Life in the United States of America. Hrsg. von Karen L. Rood. New York 1988.

Anekdoten. Hrsg. von Rudolf Schäfer. Stuttgart 1988.

Anekdotenalmanach auf das Jahr 1808. Ges. und hrsg. von Karl Müchler. Berlin [o. J.].

Anekdotenalmanach auf das Jahr 1809. Ges. und hrsg. von Karl Müchler. Berlin [o. J.].

Anekdoten aus dem Dritten Reich. Ges. und aufgeschrieben von Gerhard Eckert. Husum 1992.

Anekdoten der Weltliteratur. Eine Auswahl aus drei Jahrtausenden. Mit einem Nachw. von Federico Hindermann. Zürich 1980.

Anekdotenlexikon für Leser von Geschmack. 2 Bde. Hrsg. von Karl Müchler. Neue verm. und verb. Aufl. Berlin 1817.

Anekdotenschatz. Von der Antike bis auf unsere Tage. Hrsg. von Heribert Hoffmeister. Berlin 1960.

Carl Friedrich Bahrdt: Anekdoten und Charakterzüge. Aus der wahren Geschichte für Liebhaber des Vademekums und ernsthafte Leser. Ein Nachlass von Dr. Carl Friedrich Bahrdt. Germanien [Hamburg] 1793.

Berliner Anecdoten und Geschichtchen. Berlin 1839.

Franz Blei: Das große Bestiarium der Literatur. Berlin ^{8}1924.

Karl August Böttiger: Literarische Zustände und Zeitgenossen. Begegnungen und Gespräche im klassischen Weimar. Hrsg. von Klaus Gerlach und René Sternke. Berlin ^{2}1998.

Kay Borowsky: Goethe liebte das Seilhüpfen. Eine sehr vertrackte Literaturgeschichte der Eigenarten von Goethe bis Handke. Tübingen 1980.

Briefwechsel und mündlicher Verkehr zwischen Goethe und dem Rathe Grüner. Leipzig 1853.

Max Brod: Streitbares Leben. 1884–1968. München 1969.
Das Buch des Lachens. Schnurren, Schwänke und Anekdoten. Ges. und hrsg. von Wilhelm von Scholz. München 1958.
Bennett Cerf: Try and stop me. A Collection of Anecdotes and Stories, Mostly Humorous. New York 1944.
[Nicolas Chamfort:] Maximen, Charakterzüge und Anekdoten. Zweites Bändchen. Leipzig 1797.
Marcus Tullius Cicero: Drei Bücher vom Redner. Übers. und erkl. von Raphael Kühner. Berlin [3]1897.
Géza von Cziffra: Der Kuh im Kaffeehaus. Anekdoten aus den »Goldenen Zwanzigern«. München 1981.
Denkwürdigkeiten, Charakterzüge und Anekdoten aus dem Leben der vorzüglichsten deutschen Dichter und Prosaisten. Hrsg. von Karl Heinrich Jördens. 2 Bde. Leipzig 1812.
Deutsche Anekdoten. Hrsg. von Jürgen Hein. Stuttgart 1976.
Deutsche Dichter-Anekdoten. Ges. von Heinrich Raab. Berlin 1943.
Dichter beschimpfen Dichter. Die ultimative Sammlung aller Kollegenschelten. Hrsg. und mit einem Nachw. von Jörg Drews. Leipzig 1994.
Dichter- und Schriftsteller-Anekdoten. Hrsg. von Tony Kellen. 2. Aufl. Stuttgart, [o. J.]. [Vor 1914.]
Johann Peter Eckermann: Gespräche mit Goethe in den letzten Jahren seines Lebens. Hrsg. von Fritz Bergmann. Frankfurt a. M. 1963.
Willi Fehse: Blühender Lorbeer. Ein Dichterspiegel in Anekdoten. Stuttgart 1958.
Ulrich Frey: Lexikon der treffenden Anekdoten. Witzige Weisheiten zum Nachschlagen nach 3000 Stichworten und Autoren geordnet. Thun 1983.
Das Friedell-Lesebuch. Hrsg. von Heribert Illig. München 1988.
Werner Fuld: Als Kafka noch die Frauen liebte. Unwahre Anekdoten über das Leben, die Liebe und die Kunst. Hamburg 1994.
– Als Rilke noch die Polka tanzte. Neue unwahre Anekdoten über das Leben, die Liebe und die Kunst. München 1995.
Der Garten des Momus den Freunden der Geselligkeit geöffnet. Eine Auswahl vorzüglich gewählter Anekdoten, drolliger Schnurren [...]. Hrsg. von Philibert Rheden. Frankfurt a. M. 1823.

Eduard Genast: Aus dem Tagebuche eines alten Schauspielers. 3. Theil. Leipzig 1865.
Robert Gernhardt: Die Blusen des Böhmen. Frankfurt a. M. 1977.
– / F. W. Bernstein / F. K. Waechter: Welt im Spiegel. WimS 1964–1976. Frankfurt a. M. 1979.
[Johann Wolfgang Goethe:] Goethes Briefe an Frau Charlotte von Stein. Auswahl in fünf Büchern. Eingel., erl. und hrsg. von Hermann Camillo Kellner. Leipzig 1898.
[Johann Wolfgang Goethe:] Goethes Werke. Hrsg. im Auftrage der Großherzogin Sophie von Sachsen. Abtheilung 1. Bd. 26–29. Weimar 1889–1991.
Goethe-Anekdoten. Erzählt von August Straub. [München] [o. J.].
Goethe – anekdotisch. Hrsg. von Jörg Drews. München [o. J.].
Goethe im Gespräch. Ausw. und Nachw. von Eduard Kollodi. Zürich 1944.
Goethe in der Anekdote. Ges. und hrsg. von Edwin Zellweker. Wien 1935.
Götter, Spötter und Verrückte. Antike Anekdoten. Hrsg. von Gerhard Fink. Frankfurt a. M. 1995.
Witold Gombrowicz: Sakrilegien. Aus den *Tagebüchern* 1953 bis 1967. Aus dem Polnischen von Olaf Kühl. Frankfurt a. M. 2002.
Christian Dietrich Grabbe: Das Grabbe-Lesebuch. Hrsg. von Thomas Schaefer. Göttingen 2001.
Grabbe in Berichten seiner Zeitgenossen. Hrsg. von Alfred Bergmann. Stuttgart 1968.
Uwe Greve: Wenn ein Goethedenkmal durch die Bäume schillert. Denkwürdiges aus der Welt der Bücher und Schriftsteller. Husum 1998.
Franz Grillparzer: Sämtliche Werke. Bd. 4. Hrsg. von Peter Frank und Karl Pörnbacher. München 1965.
Das große Merian-Anekdotenbuch. Hamburg 1980.
Heinz Grothe: Das neue Narrenschiff. Schwänke und Anekdoten aus vier Jahrhunderten. Stuttgart 1968.
Peter Haage: Der Partylöwe, der nur Bücher fraß. Egon Friedell und sein Kreis. Hamburg ^{2}1971.
Willy Haas: Die literarische Welt. Erinnerungen. München 1960.

Friedrich Hebbel: Werke. Bd. 5. Hrsg. von Gerhard Fricke [u. a.]. München 1967.
Robert Hendrickson: British Literary Anecdotes. New York 1990.
Eckhard Henscheid: Frau Killermann greift ein. Erzählungen und Bagatellen. Zürich 1985.
Der Herr Geheime Rath. Hundert kleine Geschichten von und um Goethe, erzählt von seinen Zeitgenossen. Ges. von Wolfgang Goetz. Berlin 1941.
Hierokles/Philagrios: Philogelos der Lachfreund. Griech./dt. mit Einl. und Komm. Hrsg. von Andreas Thierfelder. München 1968.
Humor seit Homer. Eine Sammlung ältester Witze, Schnurren, Reparties, Bonmots, Facetien [...]. Reinbek 1964.
Interessante Anekdoten, Charakterzüge und merkwürdige Begebenheiten aus dem Leben berühmter und berüchtigter Menschen. 4 Bde. Leipzig 1805–08.
Kleine Geschichten aus dem alten Rom. Hrsg. von Ulrich Kraiss. Stuttgart [o. J.].
Heinrich von Kleist: Sämtliche Werke und Briefe. Bd. 4. Briefe von und an Kleist 1793–1811. Hrsg. von Klaus Müller-Salget und Stefan Ormanns. Frankfurt a. M. 1997.
Hans-Joachim Kulenkampff: Gelacht von A–Z. Lexikon des Humors. München 1973.
Lachende Heimat. 888 gute Schwänke, Histörchen, Anekdoten [...] zusammengetragen und erzählt von Mitgliedern der Deutschen Buch-Gemeinschaft [...]. Ges., geordn., eingel. von Hans W. Fischer. Berlin 1933.
La Rochefoucauld: Reflexionen oder Sentenzen und moralische Maximen. Aus dem Französischen. Übers. von Helga Bergmann und Friedrich Hörlek. Nachw. von Helga Bergmann. Leipzig 1976.
Karl Lerbs: Der Völkerspiegel. Länder und Leute in lauter Anekdoten. Berlin 1940.
Löns-Anekdoten. Hrsg. von Ernst Bock-Letter. Hannover [um 1925].
Lukian: Sämtliche Werke. Nach der Übersetzung von C. M. Wieland bearb. und erg. von Hanns Floerke. Bd. 3. Berlin 1922.
Die Lustigen von Weimar. Goethe-Anekdoten. Hrsg. von Karl Escher. Berlin 1925.

Fritz Mack: Das lustige Anekdotenbuch. Leipzig 1926.
The Methuen Book of Shakespeare Anecdotes. Hrsg. von Ralph Berry. London 1992.
Hubert Miketta: Das Anekdötchen. München 1956.
Erich Mühsam: Sammlung. 1898–1928. Berlin 1976.
André Müller / Gerd Semmer: Geschichten vom Herrn B. Gesammelte Brecht-Anekdoten. Frankfurt a. M. 1977.
Herbert Nette: »Hier kann ich doch nicht bleiben.« Eine Sammlung letzter Worte. München 1983.
Flann O'Brien: Golden Hours. Die goldenen Stunden des Myles na gCopaleen. Roman in Kolumnen. 1940–1945. Hrsg. von John Wyse Jackson. Aus dem Engl. von Harry Rowohlt. Zürich 2001.
Padraic O'Farrell: Green and Chaste and Foolish. Irish Literary and Theatrical Anecdotes. Dublin 1994.
The Oxford Book of American Literary Anecdotes. Hrsg. von Donald Hall. New York 1981.
The Oxford Book of Literary Anecdotes. Hrsg. von James Sutherland. Oxford 1975.
[Gustav Parthey:] Ein verfehlter und ein gelungener Besuch bei Goethe. 1819 und 1827. Handschrift für Freunde. [Berlin 1862.]
Ein Provisorium lacht. Bonner Anekdotenschatz. Zusammengetragen durch 54 sachkundige Chronisten. Vorgeführt von Hans Traxler. Frankfurt a. M. 1965.
Stanislaw Przybyszewski: Studienausgabe. Werke, Aufzeichnungen und ausgewählte Briefe. Bd. 7: Ferne komm ich her … Erinnerungen an Berlin und Krakau. Aus dem Poln. von Roswitha Matwin-Buschmann. Paderborn 1994.
Max Puntila [d. i. Michael Schulte]: Die Äpfel des Pegasus. Anekdoten von Literaten und anderen Genies. München 1972.
Sigismund von Radecki: Das ABC des Lachens. Ein Anekdotenbuch zur Unterhaltung und Belehrung. Reinbek 1953.
Hans Reimann: Sächsische Miniaturen. Frankfurt a. M. 1957.
Roda Roda: Fünfhundert Schwänke. München 1989.
– Rote Weste und Monokel. Das neue Roda Roda Buch. Hrsg. von Hans Traxler. München 2001.

Die Rose und der Ziegelstein. Anekdoten aus aller Welt. Hrsg. von Homunculus [Sigismund von Radecki]. Berlin 1938.
Eugen Roth: Erinnerungen eines Vergeßlichen. Anekdoten und Geschichten. München 1972.
Harry Rowohlt / Ralf Sotschek: In Schlucken-zwei-Spechte. Harry Rowohlt erzählt Ralf Sotschek sein Leben von der Wiege bis zur Biege. Berlin 2002.
Sachsens letzter König. Paul Lenckes unsterbliche Anekdotensammlung. Gesichtet und aufpoliert von Marianne Ursula Bauer. Leipzig [o. J.].
Wilhelm Schäfer: Die Anekdoten. Stuttgart 1943.
– Hundert Histörchen. Stuttgart [o. J.].
Schiller. Anekdoten. Erzählt von seinen Zeitgenossen. Ges. von Wolfgang Goetz. Berlin 1943.
[Friedrich Schiller:] Schillers Briefe. Hrsg. von Fritz Jonas. Stuttgart [1892].
Felix Schloemp: Lorbeerkranz und Firlefanz. Ein gar lustiges Kränzlein Ruhmesgemüse aus den besten Witzen und Anekdoten von Dichtern, Schauspielern, Musikern, Malern und Artisten. München 1911.
Hermann Schreiber: Die allerletzten 100 Jahre Literatur in Anekdoten. Wien 1972.
Curt Seibert: Das Anekdotenbuch. Berlin [o. J.].
Servus, Kisch! Erinnerungen, Rezensionen, Anekdoten. Hrsg. von Fritz Hofmann [u. a.]. Berlin [Ost] 1985.
Idries Shah: Die fabelhaften Heldentaten des vollendeten Narren und Meisters Mulla Nasrudin. Aus dem Engl. übers. von Inge von Wedemeyer. Freiburg i. Br. 1984.
So ein Theater. Theateranekdoten aus drei Jahrhunderten. Ausgew. und nacherz. von Gerda Böttcher. Berlin [Ost] 1971.
Eduard Stemplinger: Von berühmten Schauspielern. Anekdoten aus authentischen Quellen gesammelt. München 1939.
Der Stiefel ist vergiftet. Theateranekdoten. Ges. und aufgeschr. von Hans Dieter Schwarze. München 1960.
Hans Tillmann: Heiterkeit zum Erdenleben. Düsseldorf 1940.

Treffliche Wirkungen. Anekdoten von und über Goethe. Hrsg. von Anita und Walter Dietze. 2 Bde. München 1987.
Kurt Tucholsky: Gesammelte Werke in 10 Bänden. Hrsg. von Mary Gerold-Tucholsky und Fritz J. Raddatz. Reinbek b. Hamburg 1975.
– Die Q-Tagebücher. 1934–1935. Hrsg. von Mary Gerold-Tucholsky und Gustav Huonker. Reinbek b. Hamburg 1978.
Johannes Twaroch: Literatur in Anekdoten. Wiener Neustadt [o. J.].
Von Adam bis Adenauer. Ein Anekdotenbrevier. Hrsg. von Wilhelm Schlösser. Stuttgart [o. J.].
Karl-Wilhelm Weeber: Humor in der Antike. Mainz 1991.
Oskar Willner: Ich hab noch nie gefallen. Schauspieler-Anekdoten. Wien 1977.
Zeitverkürzer. Deutsche Anekdoten aus fünf Jahrhunderten. Hrsg. von Achim Roscher. Leipzig ^{7}1992.
Karl Zentner: Dreimal zwölf mal dreizehn. Ein vergnügliches Anekdoten-Kaleidoskop. München 1976.
Julius Wilhelm Zincgref: Der Teutschen scharfsinnige kluge Sprüch. Auswahl. Hrsg. und mit einem Nachw. von Karl-Heinz Klingenberg. Leipzig 1982.
Christiane Zschirnt: Shakespeare-ABC. Leipzig 2000.

Personenregister